きっかけはこの町にある活版印刷所を訪ねたこと。

活版印刷三日月堂。

あ　忘れられない。壁の棚一面にぎっしり詰まった活字。古くて重厚な印　字を作るときも人の手で活字をひとつひとつならべ、ああいう機械で　と知った。

「あ　活字を見ながら、みんな星みたいだなあ、って思ってた」

作

「見

「活　うん、言葉かも。むかしの作家たちの心も、言葉があるから残って　続けてきたから残ってる。星になって、人の心の空で光ってる。書　しの言葉もいつか星になるかもって」

一章「南十字星の下で」より

活版印刷三日月堂

小さな折り紙

ほしおさなえ

ポプラ文庫

CONTENTS

マドンナの憂鬱　5
南十字星の下で　55
二巡目のワンダーランド　115
庭の昼食　151
水のなかの雲　211
小さな折り紙　263

初版限定巻頭活版印刷扉　活字組版　三木弘志（弘陽）
印刷　大洋印刷株式会社
※扉にて「一章『南十字星の下で』より」と記載されておりますが、
構成の変更により「二章」に移動いたしました。

扉写真撮影　帆刈一哉
写真撮影協力　株式会社櫻井印刷所
モダン亭太陽軒

マドンナの憂鬱

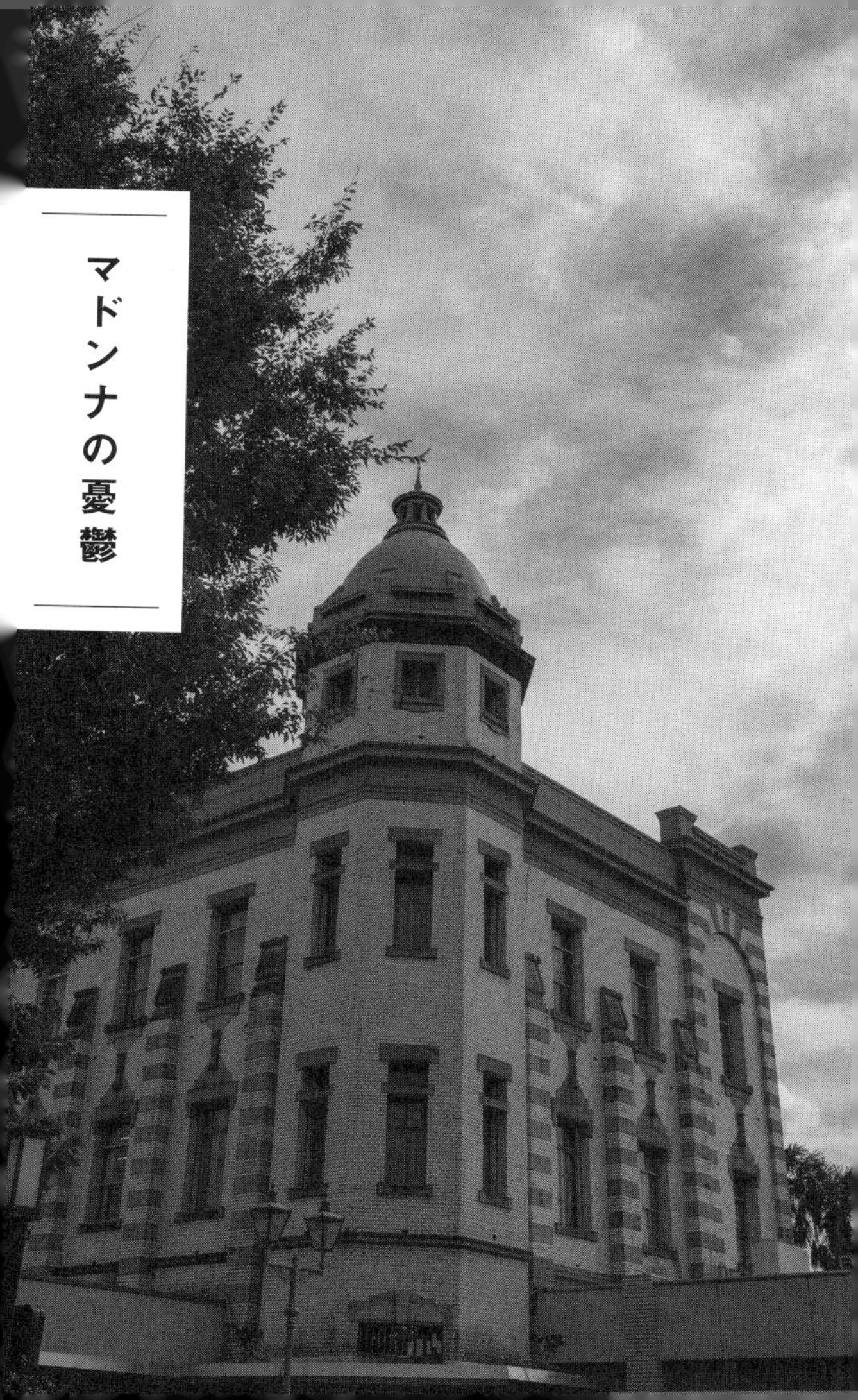

1

ひとり暮らしのマンションのベランダに立ち、空を見あげる。晴れた空に小さな雲がいくつか浮かんでいる。

柵にもたれ、ぼんやり息をつく。下には道を歩く人や自転車が見えた。郵便局の赤い軽自動車が向かいの家の前に止まる。

「どっかからなにか来ないかなあ」

大きくため息をつきながら、声に出してつぶやいた。

わたしのところにも、どっかからなにか来ないかな。なにかいいこと。ああ、わたしの人生はこのためにあったんだ、って思えるくらい爆発的にいいこと。運命的ななにかがやってきて、わたしの人生を変えてくれる。

大学生のころは、いつもそんなことを夢見ていた。だれでも人生に一度くらいはそんなことがあるはず、一度もない人生なんて、あるわけない。夢見ていた、というより、当然あるはずだ、と思っていた。

胡実《くるみ》にとっては恋愛だった。大学時代に運命の出会いをして卒業後に結婚。秋穂《あきほ》にとってはいまの仕事、瑠璃《るり》にとっては趣味の音楽作り。三人とも、いまでも、あれが運命だったんだ、と言っている。

でも、わたしは？　これから出会うのか？　それともすでに出会っていたのに気づかなかったとか？

大学時代、半年つき合って別れた隆道《たかみち》？　出会ったときは運命かも、と思ったけど、何ヶ月かして手酷く裏切られた。まさか、あれで終わり？　だとしたらわたしの人生、悲しすぎる。

結局結婚もせず、ずっとひとり暮らし。職場は一番街《いちばんがい》にある川越《かわごえ》観光案内所。都心の大手商社勤めに疲れて自宅近くで見つけた仕事だが、案外気に入ってる。人が相手の仕事というのもよかったし、外国人観光客が増えたので、英語力を活かすこともできた。

今年から責任者になり、自分の裁量でいろいろ工夫できるようになった。町の人に誘われ、川越の町について考える勉強会にも参加している。郷里から出てきてたまたま住んだ町だが、川越の暮らしや歴史にもだいぶくわしくなった。

いちおう趣味もある。平日は仕事が終わってから仲間数人と川越の町を走る。そのあと銭湯に行ったり飲みに行ったり。飲んだり食べたりしているのでダイエット効果があるか疑わしいけど、メンバーと過ごす時間は楽しい。

休日は映画鑑賞。家に大画面のテレビがあるから、パジャマのまま一日ごろごろ映画三昧も楽しいし、川越の町にある古い映画館・シアター川越に出向くこともある。常連との交流もあって、ときには映画のあと飲みに行ったり。

とりあえず安定してるし、充実もしてる。だけど、こんなふうに晴れた休日には、なぜか封印してた期待が舞い戻ってくる。もっとときめくようななにか。自分を変えてくれるようななにかと出会いたい。

映画みたいなこと、起こらないかな。魔法の世界に行く、なんてことはありえないとしても、ドラマチックな恋愛くらい、あってもいいんじゃないか？　そういうことが一度でもあれば、あとは一生ずっと地味な人生でいいんだけどなあ。

部屋に戻り片づけものをしていると、ピンポーンとインターフォンが鳴って、出ると宅配便だった。お届けものです、という言葉にどきんとした。お届けもの？　だれからだろう。ちょっとだけ期待して玄関に向かう。

発送元にはアウトドア用品店の名前。とたんに思い出した。この前買ったパーカーじゃないか。店に在庫がなくて、ほかの店から取り寄せてもらったのだ。なんだ、自分で買ったやつじゃん。ため息をつきながら箱を開ける。あざやかなレモンイエローのジャケット。

一週間ほど前、駅ビルを歩いていたとき、アウトドア用品店のウィンドウにディスプレイされたレモンイエローのジャケットが目に飛びこんできた。

そういえば、雑誌の星占いに今月のラッキーカラーはレモンイエローって書いてあったな。ふだんは着ない色だけど、なぜか心惹かれた。近々ジョギング仲間と富《と》山《やま》に小旅行に出かけることになってるし、旅行前に新調してもいいかもしれない。

若くて可愛らしい店員さんがやってきて、これ、新商品で、優れものですよ、と言った。表面は防水、防風加工されていて、とても軽い。いまの時季ならこれ一枚でじゅうぶんあたたかいし、なかに薄手のダウンを着れば真冬でも大丈夫。

——どこか行かれるんですか？

——ええ。ちょっと旅行に。山歩きするわけじゃ、ないんですけど。

——これはデザインも可愛いし、街歩きでも全然ＯＫですよ。旅先で突然の雨とか、あるじゃないですか。傘持ってなくても、これ着てれば防水は完璧。フードかぶれば傘も必要ないです。

たしかにこれなら通勤のときにも着られそうだ。一枚買っておいて損はないかも。

——ご旅行、どちらに行かれるんですか？

——富山です。

——ほんとですか、わたし、出身が富山なんです。

店員さんが目を丸くする。

——ほんと?

わたしも驚いて彼女の顔をまじまじと見た。

——ええ。びっくりしたあ。金沢《かなざわ》はよく聞くけど、富山行く人ってめずらしいから。

向こうはもうちょっと寒いみたいですよ。上着、絶対必要ですよ。

彼女に押され、試着してみることになった。だが、わたしのサイズだけ切れているみたいだ。

ひとつ上のサイズで試すと顔映りはよいが、全体に少しだぶだぶしている。同じ型の別色で自分のサイズを試すと、大きさはぴったりだがなんとなくピンとこない。

——お客さまははなやかな雰囲気なので、やっぱりレモンイエローが似合いますね。

店員さんは、お世辞かもしれないけどそう言った。ほかの店ならサイズがあるかも、と言われて調べてもらった。ありましたよ、という彼女の笑顔に断れなくなり、後日発送してもらうことになったのだ。

レモンイエロー、悪くないじゃん。箱から出し、羽織ってみる。玄関の鏡の前に立つ。うん、悪くない。旅行もこれを着ていけばいいことあるかも。ベランダをふりかえり、真っ青な空を見つめた。

2

当日は川越駅に集合。電車で大宮《おおみや》に移動し、新幹線に乗った。

メンバーはガラス工芸店の葛城《かつらぎ》さん、川越運送店のハルさん、前に川越観光案内所でアルバイトしていた大西《おおにし》くん。

大西くんは去年まで大学院生だったが、今年から川越市立博物館の学芸員になった。相変わらずの川越勤務なので、ジョギングもいっしょに続けている。

ハルさんの勤める川越運送店は観光案内所と同じ建物にはいっていて、以前からよくいっしょにお昼を食べたりしていた。気さくで、町いちばんの情報通。ジョギングもハルさんに誘われてはじめたのだ。

葛城さんはふだんは川越でガラス工芸店を営んでいる。だが、ほんとうはガラス作家で、年に一度くらいは大きな展覧会に作品を出展しているらしい。長いこといっしょにジョギングしたり飲みに行ったりしているのにそんなことは全然知らなくて、この前たまたま飲み会の席でその話になったのだ。

この秋も富山のガラス美術館で展示している、と聞いて、それなら週末に旅行がてらみんなで見に行こう、という話になった。せっかくだから温泉に泊まりたいよね、海の幸も食べたいし。ハルさんがそう言った。

大西くんが高岡《たかおか》の町を見たいというので、ガラス美術館と温泉と高岡の町をめぐり、温泉に泊まるプランを考えた。宿は高岡に近い庄川《しょうがわ》温泉と決めた。

「おお、一番街のマドンナ、今日はレモンイエローか。あざやかでいいなあ」

葛城さんがよく通る声で言う。

「だから、そのマドンナっていうの、やめてくださいよ。それに、いまの時代、異性の服装にコメントするのは、セクハラって言われるんですよ」

冗談めかして言った。

「まあ、かたいこと言わないで。褒めてるんだからさ」

悪びれず、がはは、と笑う。わかってるのかなあ、まったく。まあ、憎めない人なんだけど。

でも、このおじさんがほんとに美術作品を作ってるんだろうか。たしかにお店ではガラス製品を売ってるし、体験教室で教えてもいるんだけど。美術館に展示される作品、となると、どうもピンとこない。

予定通りに大宮に着き、北陸新幹線「かがやき」に乗る。葛城さんは新幹線が駅を出るなり袋から缶ビールを取り出し、ぷしゅっと開けた。

「え、ちょっと、レンタカー借りるんでしょ？」

いつのまにビール買ったんだ、と呆れながら止める。

「開けちゃったものは仕方ないだろ？　それに今日はみんな運転できるんだし」

「大丈夫ですよ、運転は僕がしますから」

大西くんが笑いながら言った。

「わたしもいるし、大丈夫よ。今日は大西くんとわたしで交代で運転するから。その代わり、明日は葛城さんと柚原《ゆずはら》さんが運転するってことで」

ハルさんの言葉に、葛城さんがうなずく。

「というわけで、マドンナもどうぞ一本」

うれしそうに、わたしにもビールを差し出してくる。

「いえ、わたしは……。だいたい、朝っぱらからよく飲めますね」

「いやいや、一本だけだよ。新幹線のなかで飲むのって最高なんだよ」

「それは出張で疲れて帰るときの話なんじゃないですか」

「まあまあ、かたいこと言わないで」

ぐいぐい押されるので結局受け取り、開けてしまった。窓の外をながめながら、一口飲む。たしかに意外とイケる。これから旅行だ、という解放感が湧いてきた。

「な、いいだろ?」

葛城さんが笑った。


お昼前に富山駅に到着した。新幹線ができて、ほんとに早くなったよなあ、と葛城さんが笑う。

葛城さんは大学でガラス工芸を学んだあと、一時期富山に住み、市民大学でガラス工芸を教えていたことがあったらしい。十五年ほど前に川越に移り住んだが、ガラス美術館やガラス工芸関係の施設がたくさんあるので、その後もときどき富山に通っていた。

北陸新幹線が通るまでは上越新幹線で越後湯沢まで行き、ほくほく線の特急「はくたか」に乗り換えなければならず、時間もずいぶんかかった。いまは乗り換えもなく、「かがやき」なら二時間かからない。便利になったものだ、と言う。

レンタカーの営業所に行き、全員の名前を登録して車を借りる。荷物を積み、大西くんの運転で出発した。

ガラス美術館は「TOYAMAキラリ」という複合施設にはいっている。美術館、市立図書館、カフェ、ホールなどで構成されているらしい。

昼食はハルさんの希望でキラリにはいっているカフェでとることになっていた。お麩《ふ》を取り入れたランチがあるらしく、ハルさんはずいぶん楽しみにしているみたいだった。

キラリはとてもきれいな建物だった。外側はガラスや金属の細長いパネルで覆われ、きらきら光っている。

葛城さんによれば、パネルの素材はアルミ、ガラス、白御影石《みかげいし》。アルミとガラスは富山県の主要産業で、白御影石は富山第一銀行旧本店の外壁に使用された素材なのだそうだ。

なかにはいると広い吹き抜けで、吹き抜けを囲むように細長い板が無数にならんでいる。この板はスギ材で、立山連峰《たてやまれんぽう》をイメージしているらしい。

エスカレーターでカフェのある二階にあがる。

「きれいな建物ですねえ」

エスカレーターの上で、ハルさんが吹き抜けをぐるっと見まわす。

「隈研吾《くまけんご》さんの建築ですよね」

大西くんはスマホで何枚も写真を撮っていた。

「さあ、まずは腹ごしらえ。カフェにはいろう」

葛城さんはずんずん進んでいく。広い空間の向こうにカフェスペースが見えた。仕切りの壁はない。カフェもひとつながりの開放的な空間だった。けっこうお客さんがいるが、すぐに座ることができた。

メニューもなかなか魅力的で迷ったが、結局全員ふやき御汁弁当を頼んだ。加賀《かが》麩を使った色とりどりの料理で、見た目もうつくしい。大西くんはスマホで料理写真を撮影。ハルさんは、おいしーい、と頬を押さえる。

「ところで、葛城さん、一時期富山の市民大学でガラス工芸を教えていた、って言ってたけど、なぜ富山なの？　ご出身が富山とか？」

食事が終わりかかったころ、ハルさんが訊いた。

「いや、ちがうんですよ。出身は大分。富山はそれまで行ったこともなかった。でも、三十年くらい前、富山は『ガラスの街とやま』っていう取り組みをはじめてね。市民大学にガラス工芸コースを作ったんだ。そこに講師として招かれたわけ」

葛城さんが答える。

「富山がガラス工芸に力を入れはじめたのが三十年くらい前ってこと？」

「ガラス作り自体はむかしからさかんだったらしいよ。ほら、富山って薬売りで有名でしょう？」

「それは知ってるけど……。それがなんでガラスとつながるの？」

「薬瓶ですよ」

横から大西くんが答えた。

「むかしの薬瓶はガラスでできてましたから。それで薬の周辺産業としてガラス製造もさかんだったみたいです。明治・大正期には国内トップシェアだったそうで。戦前は富山駅のあたりには大きなガラス工場がたくさんあったみたいですね。でも、富山大空襲で焼けちゃったんですよ」

「そうそう。戦後は薬もガラス瓶じゃなくてプラスチックのケースに入れられることが増えて、ガラス工場は減ってしまった。でも市内にはガラス職人だった人やその家族もたくさんいる。それで市民大学にガラス工芸コースを開講した。それから三十年、町に根づいたところでこのガラス美術館を作ったんだ」

葛城さんが言った。

「そうか。そういうところ、川越の町づくりとも通じるところがあるわよね。菓子《かし》屋《や》横丁《よこちょう》だってそうでしょう？　駄菓子屋がならぶようになったのは三十年くらい前からだけど、しっかり定着したのは、むかしあのあたりに菓子工場があったとか、江戸時代に飴屋がならんでたとか、土地の記憶があるからよね」

ハルさんの言葉に思わずうなずく。「土地の記憶」っていい言葉だな。今度観光案内所のパンフレットで使おう。胸のなかのメモ帳にしっかりと記録した。


カフェを出て、美術館にはいった。葛城さんの作品は「ガラスと色彩」という企画展のなかに展示されているらしい。色彩がテーマになっているだけあって、入口近くから色のうつくしい作品がならんでいる。

ガラス工芸ってこういうものなのか。作品を見ながら不思議な気持ちになる。工芸品というから、食器や花器みたいなものを思い浮かべていたけど、ここにあるのはどれも実用品じゃない。オブジェ？　それともアート？　使い道はなさそうだが、とてもうつくしい。

高校の理科の時間、ガラスは液体だと学んだ。液体なのに固まっている。だからだろうか、時間の流れが止まっているみたいに見える。内部に吸いこまれていくような気持ちになる静的な作品もあるし、ダイナミックな動きを封じこめたような動的な作品もある。

葛城さんもこういう作品を作るんだろうか。お店に置いてあるのはグラスや箸置きなどの食器や実用品ばかりだから、想像できない。

「ああ、これですね」

大西くんの声がした。ふりかえると、ひときわ大きな作品の前に立っている。見たとたん、どきんとした。色とりどりの不定形のガラスが躍っているようだ。

「迫力あるわねえ」

ハルさんが息を呑んだ。

「ほんとですね。生き物みたいだ」

大西くんも腕組みしてじっと見ている。

これが葛城さんの作品？

きれいだ。

大西くんは生き物みたい、と言ったけど、海の動物のようでもあり、波の飛沫のようでもある。つるんと透明な液体がいまにも動き出しそう。抽象的で、ダイナミックで、生命そのものみたい。

これ、ほんとに葛城さんが作ったの？

隣にいる葛城さんをちらりと見る。軽口を叩いたり、酔っ払ってオヤジくさいギャグを飛ばしている顔が頭をよぎる。こんなうつくしいものを作れるなんてとても思えない。

だがじっと見ていると、この力強い形は繊細なだけでは作れない気もしてきた。なんでも笑い飛ばす葛城さんらしい作品なのかも、と思った。

「葛城さん、こんなの作れるんだ。意外……。アーティストだったんだね」

冗談めかして言った。

「だから、ガラス作家だって言っただろ。どんなものを作ってると思ってたんだ？」

葛城さんが呆れ顔になった。

「大きなビールのグラスとか……？」

実際にはなにも考えたことがなかったのだが、あわてて答える。

「そんなわけないだろ！」

葛城さんはがははと笑い、わたしの頭をこつんと叩いた。

企画展をひとそとおり見終わってから、葛城さんの案内で六階にあるグラス・アート・ガーデンに向かった。ここには葛城さんが敬愛する現代ガラス工芸の巨匠デイル・チフーリの作品が展示されているのだそうだ。

色とりどり、いろいろな形の大きなガラスの造形物がいくつも集められ、ひとつの空間を形作っている。複数のガラス作品からなるインスタレーション、空間芸術というものらしい。

「ガラス生命体ばかりの星に来ちゃったみたいですね」

大西くんが言うと、ほんとね、とハルさんが笑った。

「葛城さんの作品と通じるところがあるかも」

わたしが言うと、大西くんが、たしかに、とうなずく。

「躍動感があって生命っぽいところは似てますね。形も配色もちがいますけど」

「ガラス工芸をはじめようと思ったきっかけがこの人だから、かなり影響は受けてるよ。だけど俺なんか足元にもおよばない。チフーリのガラスは燃えてる。生き物そのものだ」

葛城さんがいつになく真面目に作品を見渡した。

3

キラリを出て、大西くんの運転で庄川温泉に向かう。北陸自動車道で砺波《となみ》へ、インターを出て庄川の方に向かい、川沿いを走る。

宿に着いたのは五時過ぎだった。川沿いの一軒宿で、温泉街のようなものはない。車を降りると川の音しかしなかった。

宿は全館畳敷き。あまり混んでいないようで、ロビーもしずかだった。食事は七時で予約している。それまでは自由にくつろごうということになり、男女分かれてそれぞれの部屋にはいった。

いい部屋だった。あたらしい畳の匂いがして、窓の外には庄川が見える。簞笥《たんす》の中には浴衣が用意されていた。案内してくれた宿の人によると、ここの浴衣でもよいが、温泉に行く途中にもいろいろな柄の浴衣が置かれていて、好きなものを選んで着ていいらしい。

「はあああ、疲れたあ」

宿の人が部屋を出て、ハルさんとふたりになると急に力が抜けた。伸びをしてから窓際のソファに座る。

「そうね。美術館のなか、意外とたくさん歩いたし」

ハルさんもはあっと息をついて、卓の前に腰をおろした。

「すぐ川が見えますよ」

窓の外を見ながら言った。木々が紅葉している。もう日が暮れて薄暗くなっていたが、明日の朝、散歩でも行ってみようかな、と思った。

「落ち着くわねえ」

ハルさんは宿の人の淹れてくれたお茶を飲んでいる。わたしもソファを立ってハルさんの向かいに移動した。

「ほんとですね。しずかだし」

「来てよかったわね。やっぱり、いつもとちがう景色を見ると刺激になる」

「そうですね。リフレッシュ、大事ですよね」

卓の上に手を伸ばし、用意されていたお菓子をつまむ。

ハルさんは息子さんが大学で北海道に行ったので、いまはひとり暮らし。最初は少しさびしそうだったが、吹っ切れたのか、前よりいっそう熱心に町の行事に顔を出すようになり、前々から旅行にも行きたい、と言っていた。

「どうします、これから。一休みしたら、お風呂、行きますか」

「当然よ」

ハルさんが笑った。

「来たからには元を取るまで何度もはいるわよ」

「そうですよね」

ははは、と笑った。

一服してから浴衣に着替え、温泉に向かった。途中、廊下に浴衣コーナーがあり、いろいろな柄の浴衣が置かれていた。ハルさんが、せっかくだから夕食のときはこれを着ましょう、と言うので、おたがい好きな柄を選んだ。

「わあ、露天風呂もある」

風呂にはいると、内風呂の向こうに庭園のようになった露天風呂が見えた。

「お風呂が魅力でこの宿を選んだのよ」

ハルさんが微笑む。さっそく露天風呂に出ることにした。大きな岩風呂のほか、かめ風呂まであった。かめ風呂にどぶんと浸かると、お湯がざぶーんとあふれた。

「癒されますね〜」

自然と声が出る。

「やっぱり家のお風呂とは違うわあ」

ハルさんも肩まで湯に浸かり、目を閉じている。

湯船に寄りかかり、空を見あげる。

「今日はほんと楽しかったわね。ガラス美術館も素敵だったし」

「そうですね。建物も素敵でしたし、展示も面白かった。ガラス工芸なんてあんまり知りませんでしたけど、あんなにいろんなものがあるなんて」

「葛城さんの作品もすごかったわよね。わたし、ちょっとびっくりしちゃった。葛城さんって、あんなにすごい作品作ってる人だったのね」

ハルさんがくすくす笑う。

「そうなんですよ。わたしもすごい驚きました。ガラス店の気のいいおじさん、ってことしか知らなくて……」

「美術館のプロフィール見たら、賞もいろいろ取ってるみたいじゃない？　こんなに立派な作家さんだったんだ、ってびっくりしちゃった。いままで気安く接しちゃってたけど、大丈夫だったのかなあ、って」

「そうですよね。でも、ふだんはあれだからなあ……」

がはは、と笑う葛城さんの顔が目に浮かぶ。

「もういまさらどうにもならないわよね。急に態度変えるわけにもいかないし」

ハルさんは、ははは、と笑った。

岩風呂にはいってよもやま話をしていると、あっという間に時間が経って、いつのまにか六時半を過ぎていた。あわてて風呂を出る。新しい浴衣を着て、髪を乾かす。いったん部屋に戻って荷物を置き、食事処に向かった。

席に行くと、葛城さんも大西くんももう来ていた。ふたりとも浴衣姿だ。

「おお、浴衣！　ハルさんもマドンナもきれいだなあ」

葛城さんがまた、がはは、と笑う。やっぱりいつもの葛城さんだ。ハルさんと顔を見合わせて笑った。

食前酒、先付、八寸、煮物椀。出てくる料理はどれもおいしい。

「富山はね、料理ほんとにおいしいんだよ。素材がいいんだ。海もあるし、山もある。今回は時間の都合で海沿いに行けないけどね」

葛城さんがお酒をぐいっと飲む。

「いいところですよね。いままで来たことなかったけど、温泉もよかったです」

大西くんがうなずいた。

「ほんとですね、弓子《ゆみこ》さんや金子《かねこ》くんも来ればよかったのに」

一番街近くで三日月堂《みかづきどう》という印刷所を営んでいる弓子さんは、以前少しだけ川越運送店で働いていたことがある。ハルさんと仲がいいので今回の旅行にも誘ったのだが、大きな仕事がはいってしまったらしい。

金子くんは大西くんの先輩で、グラフィックデザイナー。活版印刷に興味があるらしく、ときどき三日月堂に出入りしている。

「そういえば、柚原さん、夏にちょうちょうの朗読会、行きましたよね？」

「ええ」

ちょうちょうというのは女性四人の朗読ユニットの名前で、今年の夏、はじめての朗読会を開いた。そのリーフレットを三日月堂で印刷した関係で、ハルさんやわたしのところにも案内が来て、みんなで聴きに行ったのだ。あまんきみこさんの「車のいろは空のいろ」の朗読で、不覚にも泣きそうになった。

「金子先輩、最近ちょうちょうの小穂《さほ》さんとつき合いはじめたんですよ」

大西くんの言葉に驚いた。

「そうなの？　わたし、金子くんは弓子さんのことが好きなのかと思ってた」

寝耳に水だった。

「僕もはじめはそう思ってたんですけど、ちがったみたいです」

大西くんが答える。

「弓子さんのことは尊敬してるけど、そういうんじゃなかったみたいよ。小穂さんたちが最初に三日月堂を訪ねたとき、金子くんもそこにいて、そのとき一目惚れしたみたい」

ハルさんがくすくす笑う。余裕で知っていたみたいだ。さすが事情通。

「ふたりでいるところを見たけど、相性ぴったりで、このまま結婚するかもしれませんね」

大西くんが言った。

「結婚？　嘘？」

あわてて問い返す。

金子くんも小穂さんもたしかまだ二十代。ちょっと早すぎませんか？　いや、二十代後半だし、結婚しても全然おかしくはないんですけど……。

「いやいや、こういうのは勢いだよ、勢い」

葛城さんが豪快に笑う。

「勢い……」

そうかもしれないけど……。たしかに年齢があがると腰も重くなる。一生このままでもいいかな、という気持ちになってしまう。

「ほかの人のことはともかくさ、マドンナはどうなの？　だれかいないの？」

葛城さんが言った。

「そういうこと、訊くもんじゃないですよ」

じろっと葛城さんを見る。

「なんで？　いいじゃないか、旅行に来てるときくらい」

「そういう問題じゃないですよ」

「まあまあ」

となりのハルさんがなだめてくる。

「だれもいないですよ」

ふてくされて答えた。

「どうして？　柚原さんくらい美人だったら、引く手あまたじゃないの？」

「いえ。全然モテないです」

「嘘？　隠してるんじゃないの？」

「ちがいます。ほんとに全然。出会いもないし、だれからも声かからないし」

「いや、それは絶対彼氏いる、って思われてるだけじゃないですか？」

大西くんが言った。

「ちゃんと、彼氏いない、って言ってますよ。友だちにも、いい人がいたら紹介して、って頼んでるし」

「柚原さんの望みが高すぎるんじゃない？」

葛城さんが目を細める。

「そんなことないです。年収とか外見とか、全然こだわりないですよ」

「不思議だなあ、なんでだろ。ああ、もしかして、美人だし仕事もできるし、ひとりでも生きていけそう、と思われがちなんでしょうか」

「わたし、全然そんなんじゃないですよ、単なるヘタレですよ。別に高望みもしてないと思うし……」

「じゃあさ、柚原さんが相手に望むこと、ってなんなの？」

葛城さんが突っこんでくる。

「わたしは……。ただずっと平穏に暮らせればいいんです。トラブルなくおだやかに暮らしたいだけ」

「平穏ねえ」

葛城さんが首をひねった。

「大学時代、ひどい目に遭ったんですよ。この人しかいない、って思ってつき合いはじめたのに、そいつ、すぐにほかの女の子に興味を持つようになっちゃって」

「浮気したってこと？」

「いえ、そこまでは……。でも、いっしょに食事したり、出かけたりしてて」

彼はわたしとは別の学部だった。三年になってゼミにはいると、ゼミの女の子と親しくなって、その子と図書館で勉強をしたり、食事したりするようになった。

「食事するのもダメなのか?」

葛城さんが訊いてくる。

「まあ、いまだったらそれくらい、って思うかもですけど、当時は許せなかったんですよ。それで問い詰めたりしてるうちに、ほんとにそっちの子の方が好きになっちゃったみたいで……」

「やぶ蛇、ってやつだな」

葛城さんがため息をつく。

「ともかく、そのときのことが忘れられないんです。もうあんなふうになるのは嫌だし。だから、年収も外見も、まあ、ある程度いい方がいいけど、それより絶対安心、って言える人がいいんですよ」

「そんな男、いるかなあ」

葛城さんが首をひねる。

「男ってそういうもんじゃない気がするけど……」

「だから嫌なんですよ。それだったらひとりでいた方が気が楽だし」

「柚原さんは意外と慎重派なのよね」

ハルさんが笑った。

「慎重派？」

「慎重派、っていうか、自分のペースを乱されるのが嫌なタイプでしょ？　自分の思い描いた通りにいかないと落ち着かない、っていうのかな」

「それはそうかも。だから育児も無理だと思うんです。二十四時間子どもの世話、なんて絶対耐えられない。なのに夫が外で飲んでたりしたら、多分ブチ切れる。あと、ネットとかで変なもの見てたりしたら……」

「それもダメなんですか？」

大西くんがまばたきした。

「そりゃ、たしかに相手探すのむずかしいかもな」

葛城さんが腕組みした。

「なんでですか？　全然高望みしてないじゃないですか」

「いや、でもさ、男ってすぐ退屈しちゃうんだよ。あたらしい刺激がほしくなる。それに日常の細かいところにはあんま関心ないし」

「でも、大西くんみたいな人もいるじゃない？　毎日お弁当作ってるし、文具好きで趣味もおだやかだし」

ハルさんが言った。

「いやあ、こいつだって陰でなにしてるかわからないですよ。男ってのは、そういうもん」

葛城さんが大西くんの頭をぐりぐりなでる。

「そういうのが嫌なんですよ。男っていうのはそういうもん、みたいな開き直りが」

「わかる気もするけど」

ハルさんが苦笑した。

「でも、完璧に自分の思い描いた通りになる人生って、なかなかないと思うよ」

そう言われてはっとした。ハルさんはまだ若いころに旦那さんを事故で亡くしている。それからひとりで森太郎《しんたろう》くんを育てた。思い通りにならないことばかりだっただろう。

「そうですよね。だけど、わたしはハルさんみたいにできる自信、ないんです」

「別にわたしだってできると思ってたわけじゃなくて。そういうことになっちゃったから、やるしかなかっただけ。最初からわかってたら、やらなかったわよ」

「でも、できてるじゃないですか。すごいですよ。わたしにはとてもとても」

「だから、できる人とできない人がいるわけじゃなくて。人間やらなきゃならなくなればけっこうできるものみたい。育児はたいへんだけど、嫌なことばっかりじゃないんだよ。すごくうれしい瞬間もあるし、大きな波を乗り越えられると達成感もある」

ハルさんが微笑む。ハルさんはそうやって生きてきたんだな、と思うと、なんだかちょっとうるうるした。

「そうそう、人生サーフィンみたいなもんだよ。波に乗らないと。浜辺で見てるだけなら安全だけど、つまらないって」

葛城さんはサーフボードに乗るような手ぶりをして、がはは、と笑った。

4

食事のあともラウンジに移動して、しばらく飲んでいた。十一時ごろ、明日もあるから、と言ってお開きになり、ハルさんと部屋に戻った。

布団が敷かれている。ハルさんは布団に潜ると、お風呂は明日の朝にすると言って、眠ってしまった。

わたしはもう一度軽くお風呂にはいってこよう、と部屋を出た。夕方とはちがってお風呂にはあまり人がいない。露天風呂に出るときれいな星空が見えた。かめ風呂で空を見あげていると、夕食のときの話がよみがえってきた。金子くんと小穂さんの話になんであんなに衝撃を受けたんだろう。

別にいまさら結婚したいなんて気持ちはない。そりゃ、結婚して子どもを産めば、生き物として役目をまっとうしたことになるのかもしれないけど、人生それだけじゃないだろう。

結婚すれば、そして子どもを産めば、家族のためにしなければならないことが増えて、自分のために使える時間はどんどん減っていくだろう。

人の結婚式に行くたび、すごいなあ、と思ってた。ひとりでいる自由を捨てるのだ。結婚しないでここまできたのは、人のための人生を送るのが嫌だったから。ただその日その日の仕事に追われ、流されていくだけの人生が嫌だったから。

だけど、仕事してたっておんなじなんだ。年をとればだれだってだんだん人のために生きる時間が増えてくる。結婚しなくても、ずっと子どもでいられるわけじゃない。新しいものと接する機会は減って、新鮮な驚きはなくなって、ただ人に奉仕するだけになる。

それが大人になるってことなんだな、と思う。みんな大人になって、年をとって、いつか死ぬ。自分のために生きていれば満足、というときは過ぎて、人のためにどれだけできたか、ではかられるようになる。

湯船のなかでぐるっと回転し、かめの縁に顎《あご》を乗せた。

川越の町はいい。観光案内所の仕事も好きだ。だけど、この日々を続けていった先になにがあるんだろう。ひとりでマンションにいると、ときどきそう思う。

田舎、帰ろうかな。だけど、あの町では、この年で独身の女性に居場所なんてない。働く場所だってない。ため息をついたあと、いったんずぶずぶと湯に沈んだ。自分の髪が湯のなかで揺れるのが見えた。

やめだやめだ。こんなこといくら考えても出口がない。

がばっと立ちあがり、風呂を出た。

「あれ、柚原さん」

ロビーを歩いていると、葛城さんの声がした。

「葛城さんもお風呂ですか？」

「そうそう。いま出たところ」

「大西くんは？」

「あいつはなんかやることがあるらしくて、部屋でパソコン広げてる」

「そうですか」

ロビーの椅子に腰をおろす。さっきまで人がたくさんいたのに、いまはしずかだ。

「今日はありがとうな」

葛城さんが言った。

「なんのことですか？」

「いや、展示を見にきてくれて」

あ、と思った。すっかり温泉旅行のような気持ちになっていたが、もともと葛城さんの作品を見るための旅行だったのだ。

「まあ、みんなにとっては温泉旅行なんだろうけど。でも、展示に興味を持ってくれたの、うれしかったなあ、って」

葛城さんが微笑む。

「最初はさ、身近な人に作品見られるのって、なんか気恥ずかしかったんだよね。だから店のお客さんにも町の知り合いにも、作品のこと、あまり喋ってなくてさ。ガラス関係のつき合いと、町のつき合い、自分のなかで分けてたんだよね」

なんとなくわかる気がした。

「だけど今回みんなが関心を持って作品見に来てくれてさ。つき合いが深まった、っていうか。つき合いを分けていると、自分のなかにふたりの人間がいるみたいになっちゃうんだよ。けど今回、日常の自分と制作してる自分がつながったみたいな気持ちになった。それに、みんなの感想が新鮮なんだよね。ガラス関係者が言わないことを言う。もっと自然に作ってもいいのかも、って気になった」

葛城さんの言葉にいつもとちがうものを感じて、不思議な気持ちになった。

「葛城さん、やっぱり芸術家なんですね。考えてることがふつうの人とちがう」

「そうか？」

「わたしもすごく新鮮だったんです。あのオヤジがこんなすごいもの作ってるんだ、って目から鱗でしたよ」

「オヤジはやめてくれ」

「それを言うなら、マドンナはやめてくださいよ」

「なんでだよ？」

葛城さんは笑った。

「ガラス工芸ってこれまで馴染みがなかったけど、すごく面白かったですよ。木とも金属とも陶芸みたいなのともちがう。あのチフーリって人の作品も驚きました。あんなに大きな世界があるなんて、ちっとも知らなかった」

「そうだろう？　自分が作品制作をはじめたのも、チフーリの影響なんだ。それまでは実用的な器にしか興味がなかったからね。うちの親は小さいけど家具作りの工場やってたんだ。だから自分の世界を表現しよう、なんて思ったこともなかった」

「そうなんですか」

「はじめに見たとき、心が解き放たれた気がしたんだよな。魂が爆発してるみたいじゃないか。こんなのを作ってもいいんだ、って驚いた」

「爆発……。岡本太郎みたいですね」

「ああ、ほんとだな」

葛城さんが笑った。

「チフーリってさ、はじめはもちろん自分で細工をしてたんだけど、事故に遭って片方の目を失明して、肩も壊して、細工をほかの人にまかせるようになったんだよね。でも、ああいう大きなインスタレーションを作るようになったのはそれからなんだ。本人によれば、『ダンサーではなく振付師、選手ではなく監督、俳優ではなくディレクター』、だからこそ大きなイメージをふくらませることができるようになった、って」

「そうだったんですか」

「ガラスを吹くことができなくなったときは、たぶんショックだったと思うんだよね。作家生命を絶たれた、って感じたかもしれない。だけど、そこから自分のあり方を変えた。そうして、より大きな作品を作れるようになった。俺はそこに感動したんだよ」

葛城さんが遠くを見た。

「やっぱさ、人生って冒険なんじゃないか。予測しないことが起こるから、それを乗り越えることもできる。もちろんそこで終わっちゃう人もいる。だけど完全にリスクのない人生を目指すのは、つまらないことのように思う」

たぶん、夕食の席の話のことを言っているのだろう。わたしは少し黙った。

「まあ、俺なんてチフーリにくらべたら小さい人生だけどな」

そう言って、がはは、と笑った。

葛城さんと別れて、部屋に戻る。ハルさんはよく寝ていた。わたしも布団にはいる。天井を見あげながら、さっきの話を思い出していた。

ものを作るっていいことだよなあ。三日月堂の弓子さんの印刷物を見ても、いつもそう思っていた。活版印刷は印刷だけど質感があるし、お客さんと相談しながらたったひとつの形を作っている。できあがったあとも形が残る。

観光案内の仕事は、いつもその場その場。やってきた人に対応するだけで、あとにはなにも残らない。観光の提案のためのリーフレットやサイトを作ったりもするけど、それだってあとに残るものじゃない。

お客さんはたいてい観光客だから、つながりもそのときだけ。川越観光のリピーターになってくれる人もいるみたいだけど、そういう人たちはだんだん案内所には来なくなる。町で偶然出会ってあいさつしてくれたりする人がたまにいるくらい。

趣味も映画とジョギングで、あとには残らない。だけど、わたしはもの作りってまったく向いてないからなあ。中学高校時代、美術は大の苦手で、家庭科も裁縫は全然できなかった。創造力が欠如しているのだ。

葛城さんの家は家具作りの工場だって言ってた。弓子さんも印刷所の孫で、三日月堂を再開したのはハルさんの勧めがあったからなんだろうけど、もともと職人の血が流れてる。

その点、うちの親はふつうの郵便局員。引き継ぐようなものはなにもない。郵便局勤めを選んだのだって、安定しているから、というだけみたいだし。ああ、そうか、わたしのこの安定志向は親から来ているのかもしれないな。
そんなことを考えているうちに、いつのまにか眠ってしまっていた。

5

目が覚めると、ハルさんはもう起きていた。ふたりで朝風呂に行く。今日も晴天だ。昨日は時間が遅くて見えなかったが、山の紅葉もきれいだ。これからの一日が楽しみだった。

朝食のあと、荷造りをして宿を出る。今日は葛城さんの運転だ。大西くんが行きたがっていた高岡に行き、瑞龍寺《ずいりゅうじ》、高岡大仏を見たあとお昼を食べ、金屋町《かなやまち》、山町筋《やまちょうすじ》などを見て歩いた。

金屋町、山町筋は古い町並みで、川越とも通じるところがある。なかでも山町筋にある菅野《すがの》家住宅の外壁は、川越一番街の蔵造りと同じ黒漆喰《しっくい》だった。

説明に出てきてくれた男の人が、家の成り立ちを話してくれた。菅野家は高岡の代表的な商家で、江戸時代末期から明治にかけて廻船《かいせん》で財を築いた。高岡銀行、高岡電灯も設立し、高岡の政財界の中心的存在だったらしい。

めずらしい仏壇や欄間《らんま》の細工のことなどを細かく説明してくれて、とても面白かった。むかしのことなのに、いま聞くとあたらしい。知らないことばかりだ。

聞いているうちに川越のことを思い出した。数年前から川越の歴史や町づくりを考えるセミナーにも出るようになった。若いころは郷土史なんて地味な趣味だと思っていたけど、最近その面白さがわかるようになってきた。

どんな建物にも必ずそれを作った人、住んでいた人がいて、それぞれの時代を生きている。わたしたちはむかしだれかが暮らした土地の上で暮らしているのだ。残されたものから当時の社会の仕組みがわかったりもする。

えらい人の考えていることなんて自分には無縁だと思っていたし、身分差別のない世の中になってほんとによかった、と思うけれど、むかしの偉人のおかげで切り開かれたこともたくさんある。そういうことの意味がわかるようになった。

この土地にもやはり土地の歴史があり、その中核になってきたのがこの菅野家ということなのだろう。立派な母屋は土蔵造りの二階建て。黒漆喰やレンガの壁を使用、二階の窓は観音開きの土戸になっている。

「黒漆喰が火災に強いからでしょうか」

わたしは訊いた。

「ええ、そうなんです。明治三十三年に大火がありまして、そのあとに再建されたもので……。黒漆喰、ご存じなんですね」

「実は、わたしたち、川越から来たんです」

ハルさんと顔を見合わせ、答える。

「ああ、そうなんですか。川越は黒漆喰、有名ですからね」

「わたしは観光案内所に勤めていて」

「それでくわしかったんですね。なるほど」

男の人がうれしそうにうなずいた。


菅野家住宅を出たのは三時すぎ。帰りは遅い新幹線なのでまだ時間がある。休憩しながらこのあとどうしようか、と相談していたとき、葛城さんが、じゃあ、ガラス細工の体験でもしてみるか、と言った。

「まあ、体験は川越の俺の店でもできるけどさ。でも、帰っちゃうとなかなかそういう時間、ないだろう？」

「やってみたい！」

ハルさんが即答する。

「そうですね、前から興味はあったんですけど、ガラス美術館を見て、どんなふうに作るのか興味が湧いてきました」

大西くんも言った。

「でも、予約がないと無理なんじゃないですか?」

わたしは訊いた。

「いや、知り合いがやってる工房があるから。そこだったら融通がきく。ちょっと電話してみるよ」

葛城さんはそう言って携帯電話を取り出した。電話をかけるとすぐにつながったようで、なにか相談している。

「大丈夫みたいだ。いまから向こうに移動すれば、時間的にもちょうどいい」

思いがけずガラス工芸の体験をすることになった。昨日見たガラスの作品を思い出す。うまくできるかな、と少し不安になりながらも、なんだか気持ちが浮き立つのを感じた。

車で富山に戻り、葛城さんの知り合いの工房に行った。

団体のお客さんがいて混んでいる日もあるようだが、時間が遅かったこともあって、わたしたちだけだった。体験コースはとんぼ玉か吹きガラスのふたつあり、ハルさん、大西くんと相談してとんぼ玉を選んだ。

お店の人が見本のためにひとつ作ってみますね、と言ってバーナーに火をつける。青い炎があがった。ガラス棒を炎の上の方に差し入れる。少したつとガラス棒の先端がやわらかく溶けはじめる。

「ガラス棒をくるくるまわしながら溶かしていきます。急に熱したり冷やしたりすると割れてしまうので、できるだけゆっくり」

こういうものなんだ、少し驚いていた。ガラスはひんやりしたイメージだけど、細工するには熱するのだ。火を使うという知識はあったものの、炎のなかでだんだんやわらかく溶けていくガラスを見ていると、胸が高鳴った。

「ガラスが溶けてきたら、さらにまわして、肉溜というガラスの玉を作ります。この肉溜がとんぼ玉になるので、自分が作りたい大きさになるまで大きくしていきます。ただし、あんまり大きくしすぎると肉溜が落ちたり、ヒビがはいったりするので気をつけて」

店の人が棒をくるくるまわすと、肉溜がだんだん大きくなってくる。とろとろと流れるようなガラスと揺れる炎。見ていて飽きない。

「ある程度溶けたら芯棒を持ちます。片手でガラス棒を熱しながら、もう一方で芯棒を熱し、ゆっくりまわしながらガラスを巻き取っていきます」

お店の人は簡単そうにやってるけど、なんだかむずかしそうだ。わたし、こんなのできるんだろうか。どんどん不安になってくる。

「ガラスを巻き取ったら、芯棒をまわしながら上に、ガラス棒をゆっくり下に移動します。切り離したいところを炎の先端に当て、ゆっくりまわすと切り離しやすいですよ」

巻き取ったガラスをまわしながら形を整えていく。芯棒が傾くと、まんまるにできないらしい。ゆっくりゆっくりまわし、きれいな丸い玉になったら炎からガラスを出す。その後もまだしばらくまわし続け、ガラスが冷えて元の色になったら台に立てる。

そこまでの工程を見て、ハルさんも大西くんも息をついた。

「むずかしそう。できるかしら」

ハルさんが心配そうに言う。

「大丈夫ですよ。小学生のお子さんでも作れますから」

お店の人がにこっと笑った。

「まずは色を選びましょうか」

机の上に色とりどりのガラス棒がならんだ。ハルさんは藤色とピンクの混ざったもの、大西くんは緑っぽいのを選んだ。わたしは少し迷ったが、ラッキーカラーのレモンイエローと橙《だいだい》色と組み合わさった棒にした。

溶けたガラスから身を守るためにエプロンをつけ、メガネをかける。順番はじゃんけんで大西くん、ハルさん、わたしになった。

大西くんがバーナーの前に立つ。緊張した表情だ。だがさすが器用な大西くん、くるくると上手にガラス棒をまわし、きれいな丸い玉を作った。ハルさんも慎重な手つきで少し小ぶりの玉を作った。

「さて、次は問題のマドンナか」

葛城さんがにやにや笑う。

「なんでわたしが問題なんですか」

「いや、ほら、包丁使いもあやしそうだし」

「そんなことないですよ。これでもけっこう料理できるんですよ」

ほんとはあまりできないけど、見栄を張って言った。ガラス棒を持ちバーナーの前に立つ。意外と熱い。ガラス棒を溶かし、芯棒に……。言われた通りにやっているつもりなのになぜかきれいな丸にならない。

「ゆっくり、ゆっくり、あわてないで。芯棒をまっすぐにして……」

お店の人の声にはっとして、芯棒の傾きを直す。なかなか完璧な玉にならない。

ああ、なんで大西くんもハルさんもあんなにうまかったんだろ。もうこれで大丈夫かな、と思ったところで炎から出し、さらにくるくるまわす。

台に立ててみると、ハルさんの玉より少し大きく、ちょっとだけゆがんでいる。

「あああ、やっぱりきれいな丸にならなかった」

「そんなことないよ、なかなかきれいな色じゃないか」

葛城さんが言った。

「ジャケットとおそろいで、柚原さんに似合いそうだ。ああ、そうか、柚原さんだから柚子の色なのか」

「え？」

柚子の色。ガラス玉を見返す。レモンイエローのつもりだったけど、そういえば柚子の色とも似てる。

「とんぼ玉は完全な球になんてならないよ。手と炎で作るものだから。どれも少しずつ形がちがう。そこがいいんだよ」

葛城さんがにんまり笑った。

「そうですよ、手作りの味ですね」

大西くんも笑った。言われてみればその通りだ。完璧な球にしたいなら、機械を使えばいい。少し下ぶくれになった柚子色のとんぼ玉を見て、これでいいのかな、と思った。


とんぼ玉が冷めないと芯棒から抜き取ることができないらしく、出されたお茶を飲みながら、冷めるのを待った。

そのあいだ、お店の人とガラスの話をした。葛城さんも、美術館で見たチフーリという人も、吹きガラスという手法を使うことが多いらしい。溶けたガラスに息を吹き入れ、ふくらますのだ。炎と息。ガラスは液体のようなのに、熱い空気で形作られる。

高校時代の担任教師が、旅の醍醐味は旅先で出会った人との会話だ、と言っていたのを思い出した。たしかにその通りだ。旅先ではふだんとはちがう考え方、感じ方に触れることができる。

短い時間だったけど、とんぼ玉作りもとても楽しかった。炎とガラスを見つめていたあの時間、頭のなかからほかのことがすべて消えていた。

「もの作りって楽しいですね」

ぼそっとそうつぶやいた。

「そうか、マドンナももの作りに目覚めたか。なら、うちの店のガラス教室に通わないか。月一でもう少し高度なものを作れるコースもあるよ」

葛城さんがうれしそうな顔になる。

「いえ、わたしはやっぱりものを作るタイプじゃないみたいで……。それは今回よくわかりました。でも、作ってみてわかることもあるなあ、と思って。作品を見るだけじゃなくて体験してみると、作品がより深くわかる気がしたんです」

「たしかにね。ガラス細工ってこんなに熱いんだ、ってはじめて知りました」

ハルさんがうなずく。

「少しでも体験すると、作品への共感の度合いが変わりますよね」

大西くんが言った。

「そう。こういう体験自体が観光なんですよね。川越の観光でも、こういう体験ができるところをもっとクローズアップしてもいいのかな、って」

「なるほど。さすが、仕事の鬼」

葛城さんが笑う。

「やめてくださいよ、からかうのは」

わたしもそう言って笑った。

観光。日常から離れて、あたらしいものと出会う。あたらしい体験をする。それ自体は一瞬のことかもしれないけど、わたしたちの心のなかに特別な時間として残っている。

そう、残っている。

川越の町を訪れた人の心に、思い出として残っている。

それでいいのかもしれない。案内所の仕事は、訪れた人、あたらしい出会いを求める人の手助けだ。

そう考えると、わたしの人生もそう悪くないのかもしれない。

とんぼ玉を棒から外し、ブレスレットに加工してもらった。早速手首につけてみる。レモンイエロー、ではなく、柚子の色の下ぶくれの玉が、ずっと前からそこにあったようにしっくり馴染んでいた。

お店の人にお礼を言って、外に出る。

「さあ、あとは駅でお土産買わなくちゃ。鱒寿司と白えびとかまぼこと……」

ハルさんのはずんだ声が聞こえる。

「まったくハルさんは……」

葛城さんの豪快な笑い声を聞きながら、来てよかったな、と思っていた。

南十字星の下で

1

しゅんしゅんと飛び出すように簡易印刷機から紙が出てくる。18、19、20。カウンターの数字が20になり、ぴたりと止まった。

音がなくなると、廊下からいろいろな音が聞こえてくる。ここにいるのもあとわずかなんだ、と思うと、さびしくてたまらなくなる。

「小枝《こえだ》、紙、取ったよ。次の原稿、お願い」

侑加《ゆうか》の声にはっとする。侑加は排紙台《はいしだい》にあった紙束を両手で持ち、机の上でとんとんとそろえている。

「ごめん、ごめん」

そう答えながら次の原稿をセット。製版ボタンを押すと、ぐいいいん、と音がしてから排紙台に試し刷りが出てくる。手に取って確認。問題なし。枚数を確認し、印刷のボタンを押す。

二月下旬の土曜の午後。授業はない。学校に残っているのはたいてい部活の生徒。受験シーズン真っ最中だから、三年生の姿はほとんど見かけない。

侑加とわたしは文芸部員。もう引退しているから、元・文芸部員、かな。三年生だが、侑加は受験がないし、わたしは推薦でもう進学先が決まっている。

文芸部では、毎年三月に卒業文集を出す。隔月で刊行する部誌は二年生、文化祭で出す厚めの冊子は顧問の遠田《おんだ》先生が作るが、卒業文集は受験の終わった三年生が担当することになっている。それで今年は侑加とわたしが受け持つことになった。

三年生は一万字程度の長めの作品、在校生は千字程度の掌編を掲載する。一般受験の堀《ほり》さんと緑山《みどりやま》さんは受験に備え、夏休み前に作品を完成させていた。

受験のない侑加は秋ごろから執筆に取りかかっていたらしい。ずいぶん推敲を重ねたようで、マイペースな侑加にしてはめずらしく、誤字がほとんどない整った原稿だった。

わたしも夏からずっと構想を練っていたが、推薦の結果がわかるまではなんとなく落ち着かず、十二月に結果が出てから一気に集中して書いた。

全員の作品が集まってから、顧問の遠田先生に内容を見てもらう。返ってきた原稿に加筆修正し、誤字をチェックして再提出。学校のパソコンで、A5判の縦書き、二段組になるように形を整え、学校の簡易印刷機で印刷する。

去年部長だったから編集も印刷も慣れている。二ヶ月に一度みんなの原稿を集め、形を整えて冊子を発行する。その作業を一年間続けた。締め切りを守らない部員は必ずいて、原稿を集めるのに苦労したものだった。

侑加も締め切り破りの常連で、こちらから連絡するまで原稿のことをすっかり忘れていた、なんてこともしょっちゅうだった。それでも文才があるから、二、三日あればそれなりに仕上げてくる。

わたしだってほかの用事や勉強もある。それに締め切りを守っているほかの部員に申し訳ない。そう思っていらいらすることもあったけど、できあがった侑加の作品を見るとやっぱりすばらしくて、怒る気をなくしてしまうのだった。

だが、高二の文化祭のとき、侑加の締め切り破りの原因が家庭の事情によるものだったとわかった。文化祭の直前に両親が離婚し、侑加はお母さんとふたり、別の場所に引っ越したのだ。

しばらくすると侑加は落ち着いて、去年の最後の部誌作りのときは、締め切りも守り、冊子作りの作業も手伝ってくれた。もうそのころには堀さんと緑山さんは塾通いで忙しくなっていたから、侑加が手伝ってくれたのはほんとうに助かった。

今回は、編集も印刷も一年ぶり。受験勉強があったからなにもかも忘れてしまったんじゃないかと不安になったが、作業をはじめてみるとちゃんと身体が覚えていたらしい。遠田先生の手をわずらわせることもなく、順調に進んだ。

「ページ、ほんとにこれで大丈夫かな。やり直しだけは絶対やだなあ」

ならんだ紙の山を見ながら侑加が言う。

「大丈夫だよ。ちゃんと雛形《ひながた》も作って何度もたしかめたし」

そう答えながら、ちょっと不安になる。

今年、三年生の四人はみんな一万字以上書いてきた。一、二年生の掌編はひとり一ページの予定だったが、長くて二ページになってしまったものもある。結局全部で六十ページを超えた。

ふだんの部誌は、袋綴じでホチキス留めにして、ホチキスをテープで隠す。先生は製本テープと言っていたけれど、たいていかわいいマスキングテープを使う。だが六十ページもあるとホチキスで留まらない。

去年の文集もたしか七十ページ近くあって、先輩のひとりが家にある簡易製本機を使って製本したと言っていた。

文化祭で販売する文集は印刷所に頼んで製本してもらっている。だが卒業文集は売るわけじゃない。部員と先生の分プラスαで二十部しか刷らないし、印刷所に頼むお金もない。

母に相談したところ、そしたら袋綴じじゃなくて、両面印刷にして中綴じにしたら、と言われた。袋綴じは片面印刷。印刷した面を外側にしてふたつ折りにし、折り目の反対側を留める。中綴じは両面印刷。ふたつ折りにした紙を開いて重ね、折り目をホチキスで留める。ノートや雑誌でよく見る綴じ方だ。

わたしの母は小学校の教師。生徒たちの文集もよく作っているし、もともと手作りが好きで、文具好きだから、こういうことにはやたらくわしい。

——でも中綴じってどうやるの？　紙の真ん中をホチキスで留めるなんて、できないじゃない。

そう訊くと、母は自分の机の引き出しから大きなホチキスを取り出してきた。手に持つのではなく、机に置いて使うよう、下が台みたいな形になっている。

——じゃーん！　これを使えば中綴じだってできてしまうのです！

なんだか妙にテンションが高い。

——これ、回転式ステープラーって言うの。

——ステープラー？

——そう。よくホチキスって言われるけど、ホッチキスはもともと商品名。一般名詞はステープラーなの。ちなみにセロテープもだよ。ほんとはセロハンテープ。

来たぞ、文具好きの母の謎のうんちく。だが相談している立場としては適当に聞き流すことはできず、うん、うん、とうなずく。

——でね、これはふつうのステープラーとちがってここが回転する。

母はステープラーの真ん中の部分を持って、くるっと横に回転させた。

——わ、ほんとだ。

ちょっと驚いて声をあげると、母はうれしそうに微笑んだ。新聞の棚からチラシを数枚取り出し、束ねてふたつ折りにする。

——こうやって、紙の奥の方だって留められるんだよ。

いったん紙を開くと、ステープラーの先を紙の真ん中の方まで差しこみ、がちゃんと留めた。反対側からも差しこみ、もう一ヶ所留める。そうしてふたつ折りにすると、ノートのような形になった。

——これはたしかに便利だね。

思わず感心して言った。

——そうでしょう？　しかもこのステープラーはちょっと大きいからね。紙も三十枚程度なら余裕で留まります。

母は胸を張って得意げだった。お母さんが作ったわけじゃないのに。ためしにコピー用紙を三十枚重ねて綴じると、表紙はないが立派なノートができあがった。

学校に持ってきて見せると、侑加はほんとのノートみたいでいいね、と言い、中綴じに乗り気になった。それで学校で印刷したあとうちに来て作業することになったのだ。

「これでようやく半分か。けっこうかかるなあ」

侑加がぼやく。

二十部ずつとはいえ、六十ページ分を印刷するのはたいへんだった。侑加の言う通り、絶対やり直しはしたくない。雛形通りになっているか、ふたりでもう一度確認した。

「大丈夫そうだね」

いっしょにうなずいて、印刷に戻った。

2

本文六十四ページで、紙としては十六枚。二十部で、合計三百二十枚。けっこうずっしりした束になった。

印刷が終わったことを遠田先生に報告し、学校を出る。わたしの家は川越市駅《かわごえし》の近くだ。正門を出て、新河岸川《しんがしがわ》沿いを歩いてゆく。

毎日この道を通って学校に行った。それもあともう少し。授業はないので、もう数えるほどしか通る機会がない。短かったような、長かったような。不思議だ。あんなにいろんなことがあったのに、過ぎてしまうと一瞬だった気がしてくる。

「卒業したらこの道を通ることもないんだね」

侑加の声がした。侑加の家は川越市駅から池袋《いけぶくろ》方面に二十分ほど行ったところ。住所は東京都で、引っ越す前よりだいぶ遠くなった。でも川越市駅を使うのは変わりない。学校の帰りはよくいっしょにこの道を歩き、駅の手前で別れた。

わたしはこの近くに住んでいるから、学校に行こうと思えばすぐに行ける。だけど侑加はしばらくは川越に来ることもないだろう。春になったらお母さんといっしょにオーストラリアに引っ越してしまうから。

侑加の両親が離婚してからもう一年以上たった。くわしいことはわからないが、侑加が高一のころ、勤務先の会社がかたむき、お父さんがお酒を飲んで暴れるようになったのが原因らしい。その後、会社が倒産。お父さんは家を出て行ってしまった。

先生も友だちも、そんな事情はまったく知らなかった。入学してからずっと、侑加は学校ではいつも人一倍騒がしく、元気だった。でもあれは空元気《から》だったのかもしれない。文芸部の提出物が遅れがちなのも、家のなかが荒れていたからだとあとでわかった。

離婚が成立し、お母さんと侑加も家を出ることになり、いまの東京の家に移った。お父さんも別の場所に越し、それまで住んでいた家は処分したのだそうだ。

侑加のお母さんは大手商社に勤めている。もともとは帰国子女だそうで、英語は堪能《たんのう》。これまでは家族のことを考えてずっと東京勤務だったが、心機一転のため海外勤務を希望したところ、シドニー支店への転勤が決まった。

侑加には少し年の離れたお兄さんがいるが、数年前に大学を卒業して会社員になり、別の場所に住んでいる。侑加ももう高校を卒業するのだから、そのままひとりでこちらに残って、日本の大学に行くという選択肢もあった。だが、侑加はお母さんといっしょにシドニーに行く道を選んだ。

シドニーにはお母さんの妹、つまり侑加の叔母さんが住んでいる。

お祖父《じい》さんの仕事の関係で、侑加のお母さんは十歳から十八歳まで、叔母さんは七歳から十五歳までアメリカで過ごした。お祖父さんが帰国するときお母さんはいっしょに日本に戻り、日本の大学に入学、そのまま日本の会社に就職したが、叔母さんは日本の高校に通ったあと、オーストラリアに留学してそのままそちらで就職し、ずっと独身だった。

侑加もはじめは日本に残るつもりだったみたいだ。だが去年の夏休みにお母さんとシドニーに行き、叔母さんの家に間借りして一ヶ月過ごしたあと、シドニーに行くと決断した。日本の大学を受験するのはやめ、向こうの大学を受けるため、いまは英語の勉強に励んでいる。

なぜ向こうに行くと決めたのか、よくわからない。理由を訊いても、侑加はいつもふざけて、いまはグローバリゼーションの時代だからね、としか言わなかった。

家に着くと、母も弟の圭太《けいた》も出かけていた。母は学校の用事で出かけると言っていたし、圭太は塾。侑加とふたり、とりあえずお茶を淹れて、棚にあったお菓子をつまんだ。

「文集、緑山さんと堀さんの作品もよかったよね」

印刷してきた紙を取り出しながら侑加が言った。

「ふたりとも、書いたのが夏休み前だから書き直したい、ってぼやいてたけどね」

わたしも紙をめくりながら言った。

時間が経つとどうしても納得のいかない点が出てくる。けれども、一ヶ所直せば別のところも気になって、結局全体を見直すことになる。それどころか、あたらしいものを書きたくなってしまうかもしれない。

だからもう二度とその原稿は見ない、と心に決めたらしい。それでも二学期のあいだは、顔を合わすたびに、書き直したいなあ、とぼやいていた。年が明けてからは、入試が迫ってきてそれどころじゃなくなってしまったみたいだけれど。

「もう結果出たのかなあ」

侑加が心配そうに言う。

「ふたりとも私大は合格したみたいだよ。けど、第一志望は国立だからね。試験、来週でしょう?」

この前、学校に試験結果の報告に来た緑山さんと会ったときにそう聞いた。

「そうか。受かるといいなあ。じゃあ、まだ落ち着くのは先だね。送別会までに感想書いとこう」

侑加の言葉にちょっと驚く。

「侑加、変わったね」

「え、どこが？」

侑加が不思議そうにこっちを見る。

「むかしの侑加はなんていうか……合評とか、あまり熱心じゃなかったじゃない？」

二年の文化祭のときまでの侑加は、他人の作品にあまり関心を持っていないように見えた。天才肌というのか、一年のときから飛び抜けて文章がうまかった。わかりやすいだけでなく、ほかの人にないリズムがあり、読んでいてどきどきするくらい魅力的だった。

緑山さんも堀さんも本好きだから、侑加の文章が優れていることはよくわかっていたみたいだ。自分にはあんな文章は書けないとため息をつきながら、みんな侑加に憧れていた。

「そうだったね。ごめん。部活もよく休んでたし、原稿も遅れがちだったし……」

侑加が口ごもる。

「でも、それもほんとはおうちの事情があったからだったんだよね。わたし、なにも知らなくて……」

別に面と向かって怒ったわけではない。いつもは侑加から作品が送られてくれば、必ず感想を書いていた。どんなに締め切りを過ぎていても。なのに、文化祭のときはしなかった。誤字だけチェックして、手紙もつけずに返信した。ただそれだけ。

でも、侑加は次の日から部活に出てこなくなった。わたしのせいかもしれない。わたしのいらいらが伝わってしまったのかもしれない、と後悔した。いまからでもちゃんと感想を書いて届けようと思った。

だが、書きはじめてみると、思うように進まない。一年生のときからの侑加の作品を引っ張り出し、もう一度読んだ。書きあげるのに朝までかかった。早く渡したくて、登校前に侑加の家まで行って、郵便受けに入れた。

そうして学校に行き、文化祭の準備がはじまって……。侑加の両親が離婚したこと、その日が引っ越しだったことを知ったのだ。

「まあね、小枝の感想がないメールはたしかにショックだった。あ、でも、小枝に腹を立ててたわけじゃなくて。なんていうのかな……。そう、自分のダメさに腹が立った、っていうか」

侑加が苦笑いする。

「最初は、なんで、って思った。いつも書いてくれてたのに、って。けど、ちょっと考えて気づいたんだよ。自分はどうだったんだろう、って。小枝だけじゃないよ。緑山さんも堀さんも、いつもわたしの作品を読んで、いろいろ言ってくれてた。なのにわたしは……」

緑山さんも堀さんも、タイプはちがうが作品を読むこと、書くことが好きで、文芸部のほかの人たちを大切に思っている。侑加のことも。いろいろしょうがないところはあるけど、あれだけすごいものを書かれると文句も言えなくなる、といつも笑っていた。

わたしたちは三人とも、侑加には特別の才能があると感じていて、うらやましいけれど誇らしくもあった。期待の星。自分たちは作家になんてなれないけど、侑加ならなれるかも、とも思っていた。

「あのころ、自分はみんなみたいにうまく感想を言えないし、って思ってたんだよね。作品を読んで感じることはあっても、もしかしたら的外れかもしれない、とか、まちがいだったら傷つけてしまうかもしれない、とか、余計なことばっか考えちゃって」

侑加がはずかしそうに言う。そんなふうに思っていたとは全然気がつかなかった。侑加が人並みはずれた力を持っているから、人の作品に意見を言わないのが苦手意識によるものとは思いもしなかったのだ。

「作品のことは作者がいちばんわかってる。他人があれこれ言うようなことじゃない、って思ってた」

　そうだったのか。

　それは侑加が自分の作品に誇りを持っているからなんだろう。同じように、ほかの人の作品にも敬意を払っていた。作品は作者の精神の結晶。みな自分の作品に誇りを持っている。だから汚してはいけない、と。

「けど、あのとき、わたしはみんなからの感想がうれしくて、それでがんばれてたんだ、って気づいた。だから、自分なりに言葉にする努力をしようって思ったんだ」

　侑加はきっとなんでも見えすぎてしまうんだ。わたしは一生、侑加には追いつけない。侑加と同じものを見ることはできない。そんな気がして悲しくなる。

「文化祭、楽しかったなあ」

　侑加がつぶやく。

「いろいろあったけど、文化祭のおかげで、真っ暗闇にはならなかった」

　真っ暗闇。あのころ侑加がおかれていた状況を思うと、胸が苦しくなる。

「小枝がいてくれたから。いまだってときどきずぶずぶ暗い方に行きそうになるけど、しがみついてる。あのときのこと、思い出しながら。印刷所に行ったよね」

「うん」

高二の文化祭で、わたしたち文芸部は「銀河鉄道の夜」の展示と、活版印刷のワークショップを行った。部員みんなで「銀河鉄道の夜」の一節を活版印刷の栞にして、お客さまにも栞を作ってもらった。

きっかけはこの町にある活版印刷所を訪ねたこと。

活版印刷三日月堂。

あのときの衝撃は忘れられない。壁の棚一面にぎっしり詰まった活字。古くて重厚な印刷機。むかしは本を作るときも人の手で活字をひとつひとつならべ、ああいう機械で刷っていたのだと知った。

「あそこにならんだ活字を見ながら、みんな星みたいだなあ、って思ってた」

侑加が言った。

「星？　活字が？」

「活字……かな。ううん、言葉かも。むかしの作家たちの心も、言葉があるから残ってる。人々に読まれ続けてきたから残ってる。星になって、人の心の空で光ってる。書き続ければ、わたしの言葉もいつか星になるかもって」

侑加は、わたしにとってのカムパネルラなのかもしれない。

わたしには見えないものが見え、わたしにはできないことができる。

——ぼくはカムパネルラといっしょに歩いていたのです。

それがワークショップでわたしが刷った文字。

——読んでくれて、ありがとう。

それが侑加の刷った文字。

ほんとは「銀河鉄道の夜」の一節から選ぶことになっていたのに、侑加は関係ない文を刷って、わたしのところに持ってきた。わたしの手紙への返事だとすぐにわかった。

あのときの活字。あれがなかったら、わたしたちは仲直りできなかったかもしれない。侑加の刷った栞は、いまでも大事に自分の部屋に飾ってある。

「あのとき、小枝の言葉に救われた。言葉には人とつながる力がある。わたし、あんまりいろんなことちゃんとできない方だけど、せめて気持ちを伝える努力はしないと、って」

救われた、と言われてどきんとした。そんなたいそうなことはしていない。わたしはなにもできていない。それなのに……。

「で、なんかこんなふうに言うと上から目線と思われるかもだけど、堀さんも緑山さんもすごくうまくなったよねえ」

侑加がいつものあかるい声になる。

「緑山さんのはちゃんと謎と謎解きがある。わかりにくくなりそうな話なのに、すっきりまとまってて楽しめる。わたしにはこういうの書けない。すごいなあ、と思ったよ」

緑山さんは文章は平易だが、毎回凝った仕掛けを考える人だった。仕掛けを考えるのがいちばんたいへん、と頭を抱えながらアイディアを練っていた。

「堀さんのファンタジーも。異世界なのにちゃんと情景が浮かぶし、主人公にも感情移入できる。でも、これ、長いものの冒頭みたいな感じだよね」

「うん。これは序章だって。裏にはもっと大きな構想があるんだって。大学にはいったら続きを書いて、ファンタジーの賞に応募したい、って言ってた」

「みんな進化してるなあ」

「侑加のもよかった。なにより、ちゃんと完結してる!」

侑加の文章はすごい。どの文にも見たことがないような表現が詰まっている。欠点はちゃんと完結しないことだった。

「でしょ？　今回はとにかく完結させよう、ってがんばったんだ。断片書いてるときがいちばん気持ちがいいんだよね。ちゃんと終わらせようとすると、途端に自分のやってることがつまらなく思えてくる。なんか、こういうの読んだことがあるな、凡庸だよな、って。嘘くさい、とも思う。こんなはずないじゃん、って。それでどんどん意欲が下がって途中で放り出す。そんなことばっかだったから」

侑加の書く話は、主人公が人間じゃないことが多かった。前は人間のこともあったけれど、だんだん魚や虫たちの視点で書くことが増えてきた。ふつうの人とはあきらかに感覚がちがっていて、宮沢賢治に通じるところがある気がした。

だが今回の主人公は人間。ただし性別はわからない。一人称は「わたし」だが、男とも女とも書かれてない。どちらとも取れるように描かれていた。

町の片隅にひとりで住む「わたし」のある一日の物語。朝起きて、部屋の植物に水をやり、いつものように仕事に出かけ、職場の人たちと話し、いっしょに夕食を取る。

だが実は、その一日が終わったら「わたし」は死のうと思っている。はっきり書かれてはいないが、文章の端々でそのことが感じ取れる。「わたし」は孤独で、生きていることに意味を感じられなくなっている。死にたいほど嫌なことがあるわけではないが、生きていても仕方がないと思っている。

夜、帰宅して、最後になにをすべきか考えているとき、窓から小さな虫がはいってくる。それを見て、「わたし」は幼いころのことを思い出す。「わたし」にまだ家族がいたころのこと。いっしょに庭で虫を観察したときのことを。「わたし」は虫を窓の外に逃し、町の灯をうつくしいと感じるところで終わる。

最後、「わたし」が死んだのか死ななかったのかわからないけれど、物語はちゃんと閉じていた。

「しんとした世界で、すごくよかった。たいしたことは起こらないのに、ずっと緊張感があって」

高校生活の最後に、侑加の完結した作品が読めたことがすごくうれしかった。死を待つ主人公というのがちょっと不安で、侑加のことが心配になったけれど。でも、最後に虫を外に逃すところで、なぜか大丈夫だという気持ちになった。

「小枝のもすごくよかった。わたしはいままでの小枝の作品のなかでこれがいちばん好き。小枝ってこういう人だったんだってはじめてわかった気がした。不思議な話だったなあ。いつまでも余韻が残るっていうか」

「ほんと?」

侑加から褒められて、うれしくなる。

わたしの作品は「川べりを歩く」というものだった。家族と川べりを歩きながら、かつて亡くなった父とすれちがう、というものだ。

「入試が終わったあと、一気に書いたんだよね。これまではちゃんと作りこんでからじゃないと書けなかったんだけど、これは一日で書いちゃった。もちろんあとで直しは入れたけど」

書き終わったあと、憑《つ》き物が落ちたみたいな気持ちになった。

「でも、これでいいのかな、って。あまりにもするーっと書けちゃったから」

「いいんじゃない？　書くべき作品だったってことだと思う」

「じゃあ、このままでいいか」

「いいもなにも、もう刷っちゃったじゃん。もう刷り直しはやだよ」

侑加が笑う。

「そうだよね」

わたしも笑った。

「三年間もいっしょにいると、ほかの人の作品にも愛着が出てくるよね。作者と作品が渾然一体になるっていうか」

「そうだね」

おたがい、ふだん外に出さないところまで知っている。だから侑加だけでなく、文芸部の友だちは特別の友だちだ。

「ほんとは自分を知らない人の感想も聞いた方がいいんだろうけど」

侑加がめずらしく真顔で言った。

「そうだね」

いつかはそれもやってみたいね、と言いかけて、口を閉じた。いつか、っていつだろう。あとひと月でみんなばらばらになってしまう。

それに侑加は、シドニーに行ったらしばらく創作をやめるって……。なんでなんだろう。理由を知りたいと思いながら、ずっと訊けずにいた。

3

まずは各ページ一枚ずつ取って重ね、一冊ごとの束を作る。それからその紙をまとめてふたつ折りに。できるだけきれいに作りたいから、きちんとそろえて定規《じょうぎ》を使ってずれないように折った。

作業をしていると、鍵の開く音がした。

「ただいまあ」

廊下から母の声が聞こえてくる。

「おかえり」

作業を続けながら答えた。

「ああ、もう作業、はじまってるのね」

母はなんだかうれしそうな顔になる。

「こんにちは。お邪魔してまーす」

侑加がぺこっとお辞儀をした。

「いらっしゃい。今日は泊まっていくんでしょう?」

母が侑加に言った。

侑加は何度かうちに遊びに来たことがある。去年の春休みにも一度泊まった。夏休みは侑加がずっとシドニーだったし、二学期になってからはわたしの方が受験勉強に追われてなかなか機会がなかったけれど、母は侑加のことを気に入っているみたいだった。

「すいません、お世話になります」

侑加は今度は深々と頭をさげた。

「前に侑加さんが好きだって言ってたから、今日はクリームシチューにしようと思って」

「うわあ、クリームシチュー！　いいですねえ」

侑加ががたんと立ちあがる。

「圭太ももうすぐ帰ってくるだろうし、作りはじめるね」

時計を見ると、もう六時近かった。

「あ、そしたら、わたしたちも手伝います」

侑加がその場でぴょんぴょん跳ねた。

「え、いいの？　作業は？」

「束ねて折るとこまでは終わったから」

わたしが代わりに答える。

「そうか。じゃあ、みんなで作ろう」

母は楽しそうに鼻歌を歌いながら、レジ袋から材料を出す。にんじん、ブロッコリーにマッシュルーム。鶏肉と牛乳、白ワイン。

「ああ、あと、物入れからじゃがいも出してきて」

「何個？」

「うーん、三個かな」

廊下に出て物入れの戸を開ける。しゃがんでじゃがいもを三個取り出す。

うちは、母、圭太とわたしの三人家族。父はわたしが小学二年生のときに亡くなった。突然のことだった。病気がわかって入院して、たった三ヶ月で死んだ。

なにがなんだかわからなかった。世界が全部信じられなくなった。全部すぐに壊れてしまうおもちゃみたいに思えた。圭太は口をきかなくなった。そんなときでもわたしは機械のように学校に通った。

時間は前と同じように過ぎていく。だがわたしは少しずつおかしくなっていった。いない父を感じるようになったのだ。父がいなくなったのではなく、ブラックホールみたいなものになってそこにいる、と感じるようになった。

家にいると、いつもぼんやり黒い穴みたいなものがあるのを感じる。はっきり人の形をしているわけではないが、わたしにはそれが父だとわかった。父と話すことはできない。触れることもできない。だがいつもひんやりとそこにいる。

はじめのうちは影の方を見つめて立ち尽くしてしまうこともあったが、しだいに慣れて、いてもあまり気にならなくなった。そのうち影はだんだん見えなくなった。だが、消えてしまったわけではなく、ときおりふっとあらわれた。

半年くらい前のことだ。ある日母と圭太といっしょに買い物に出かけ、帰り、川沿いの道を歩いた。なぜか、父がいたころにここを四人で歩いた記憶がよみがえってきた。ずっと忘れていたのに、不思議なくらい鮮明に思い出した。

そのとき影が正面からやってきた。これまで影が見えるのは家のなかだった。そうしてすれちがうとき、忘れていた父の匂いがした。父さんはいないけれど。もう絶対に帰ってこないけれど。でもわたしたちはちゃんとここにいるし、父はいつもそばにいる。なぜか急にそう思った。

卒業文集の作品はそのときのことを書いたのだ。遠田先生と侑加以外には、父が亡くなっていると話したことがなかった。だが、みんな知っていたのかもしれない。緑山さんも堀さんも、ほんとの話だと受け止めてくれているのがわかった。

父が亡くなってもう十年。あのとき小学二年生だったわたしがもう高校を卒業するのだ。父がいまのわたしを見たらきっと驚くだろう。

「ただいまあ」

玄関が開いて、圭太が帰ってきた。

「おかえり。今日は友だちの侑加が来てるから。昨日話したよね。いっしょにごはん食べて、泊まるから」

「わかってるって」

圭太は低い声でそれだけ言って、自分の部屋にはいっていく。

圭太は高一。もうわたしより背も高い。父が見たらだれかわからないかもしれない。ＡＩに興味があり、工学部志望。行きたい大学も決まっているらしく、もう受験勉強をはじめている。

「小枝ー、じゃがいもー」

キッチンから侑加の声がした。

「あ、いま行くー。お母さん、圭太帰ってきたよー」

あわててじゃがいもを抱え、キッチンに戻った。


侑加とわたしで野菜を切り、母は鍋で玉ねぎと肉を炒める。じゃがいも、にんじんを入れ、水を加える。沸騰したらアクを取り、弱火にして蓋をした。

「煮込んでいるあいだはすることないし、冊子、どんな感じか見せてくれる？」

洗った手を拭きながら母が言った。

「えー、まさか読むんですか？」

侑加が尻込みする。

「なに言ってるの？　小説でしょ？　書いたからには人に読んでもらわないと」

母がにこにこ笑いながら言い切る。

「まあ、そうなんですけどー」

侑加はうつむき、小さな声で言った。

「それに、大丈夫。作品はね、もう小枝に全部見せてもらってるから」

母が得意げに言った。

「え、うそ？」

侑加が目を見開く。

「小枝、見せたの？」

「うん、見せたよ。いつも見せてるの。お母さん、先生だし、けっこう鋭いこと言ってくれるんだよ」

「うわ、それ、全然大丈夫じゃない」

侑加は天井を見あげ、大きくため息をついた。

はじめはわたしだって恥ずかしかった。だが、いまと同じことを言われて、見せるようになった。はじめて作品を手渡したとき、母はいつになく真剣な顔で読んでくれた。読み終わると、素晴らしい、と言った。

——小枝、すごい。ちゃんとした小説だよ。びっくりした。

小学生のころは作文が下手で、夏休みの読書感想文も作文も、いつも見せると真っ赤になって返ってきた。母が入れた赤字を見ると、たしかにその方がわかりやすくなる。お母さんはすごい、と思った。でもその通り直したら、お母さんの文章になってしまう。それがいやで、うんうんうなりながら別の直し方を考えた。

褒めてくれた？

最初は意味がわからず、母の顔をじっと見た。

――すごいね、ちゃんと「作品」になってるよ。作文じゃなくて、ひとつの独立した世界。そうか、小枝はこんな能力を持ってたんだね。これはお父さんにもわたしにもできないことだなあ。

母がしみじみ言う。なんだか恥ずかしかった。だけどそれ以来、書きあがったものは母に見せる。ダメ出しをされることもあるけれど、ちゃんと真面目に読んで答えてくれるのがすごくうれしかった。

「すごいね、小枝んち。信じられない」

侑加が頭を抱えた。

「なんでよ。侑加さん、あれだけすごいものが書けるんだから、もっとどんどん人に見せないと。実はわたしもファンなのよね」

母が侑加の顔をじっと見る。

「ファン……」

侑加は口をぱくぱくさせた。

「それは、ありがたいんですけど……。いや、ありがとうございます」

もごもご言って頭をさげる。

「で、文集は？」

母に言われ、さっき束ねて折った紙を渡す。

「うん、きれいにできてるじゃない。文字組もいい」

ぱらぱらめくりながら母が言う。よかった、と胸をなでおろした。

「でも、表紙がねえ」

母が冊子をぱたんと閉じて、じっと見た。

「ちょっと地味じゃない？」

表紙は文字だけ。たしかに味気ないと思っていた。

「そうなんだけど、でもどうしたらいいかわからなくて」

「黒い文字だけじゃあねえ。なんていうか、手をかけてる感がまったくない」

「そう……だよね」

それはわたしも思っていた。だけどわたしたちは美術部ではなく文芸部。悲しいかな、デザインやらイラストやらのセンスはない。

「イラストとか描けたらいいんだけど……」

「じゃあ、紙の色を変えるとか」

母が無理なことを言い出す。

「色のついた紙なんて買ってないもん。今日じゅうに綴じるところまでやるんだよ。無理だよ」

「そしたら、マーブル模様を入れるのはどう？」

急に思いついたように母が言った。

「マーブル模様？」

侑加が首をひねる。

「ええとね、こういうの」

母が戸棚からきれいな紙を出してきた。前に母が学校で作ったと言っていたものだ。画用紙の上にいろいろな色の絵の具が流れ、まだら模様を作っている。一枚一枚色合いがちがって、たしかにきれいだ。

「きれいですけど……。こんなの、どうやって……？」

侑加はマーブルの紙を一枚ずつながめてから、顔をあげて母を見た。

「ああ、そんなにむずかしくないのよ。絵の具とバットがあればすぐにできる」

母は得意げに言う。

「そんなの、あるの？」

思わず訊いた。

「もちろん、あります」

母がきりっと答える。

訊くだけ無駄だった。母のことだ、持っているに決まっていた。

「これだったら、ひとつずつちがって手作り感もあるし、素敵だよね」

侑加がつぶやく。

「そうでしょう？　じゃあ、やりましょう。食事が終わったらすぐ片づけて……」

母がうれしそうに笑った。なんだかおおごとになってきたな。うちで作るのはまちがいだったか。ちょっと後悔したが、侑加も乗り気みたいだし、まあいいか、と思った。

シチューができ、圭太も呼んで晩ごはんになった。侑加がいるので、圭太は最初は借りてきた猫みたいになっていたが、やがてゲームのことで話が合ったらしく、侑加とふたりで盛りあがっている。

わたしは全然ゲームをしない。もちろん母もだ。だから内容はちんぷんかんぷんだったが、いつも家では仏頂面《ぶっちょうづら》の圭太がはしゃいでいるのを見るのはなんだか楽しかった。

4

食事が終わるとすぐに片づけ。皿洗いは圭太、拭くのは侑加、器をしまうのはわたし。母は自分の部屋にマーブリングに使う道具や紙を探しに行った。

片づけのあいだも侑加と圭太の話は盛りあがっていて、圭太はもっと話していたかったようだが、これから母のマーブリング講座がはじまると知ると、俺、勉強あるから、と部屋に退散した。

テーブルの上のものをすべて片づけ、布巾で拭いたところに母が戻ってきた。

「うん、いろいろあったわ」

アクリル絵の具、絵筆、櫛《くし》、バーベキュー用の使い捨てのアルミのバットと紙コップ、つまようじ、それに洗濯のりと画用紙。次々とテーブルの上に置く。

「洗濯のり……。そんなの、よくありましたね。家で使うんですか」

侑加がおそるおそる訊く。もちろんうちでそんなものは使わない。

「まさか。学校でスライム作ったときの残り」

母がにっこり笑う。

「じゃあ、まずテーブルに新聞紙を広げて……」

母に言われ、棚から出した新聞紙でテーブルを覆った。母が持ってきた道具を新聞紙の上にならべる。バット全体に行き渡るように洗濯のりを入れ、水を足す。少しかき混ぜるとぬるっとした液体ができた。

「うわあ、なんだか工作感出てきましたね！」

侑加が目をきらきらさせる。

「次は絵の具。紙コップに入れて、水で濃いめに溶いてね」

紙コップをならべ、一色ずつ絵の具を入れていく。そこに少し水を加え、溶いた。

「さて、ここからが本番です」

母が深呼吸した。

「絵の具、垂らすね」

母はピンクの絵の具をたっぷりと筆につけ、バットの水面にそっと垂らす。

「おおお」

侑加が声をあげ、目を見開く。花びらのように色がふわあっと広がった。

「きれいですねえ、これ」

水面に広がった絵の具に見とれている。わたしもなんだかうれしくなった。自然にできる形だけど、いや、だからこそすごくうつくしい。子どものころの工作気分を思い出し、わくわくした。

「じゃあね、侑加さんと小枝も一色ずつ垂らしてみようか」

母が言った。侑加が筆を取り、紙コップをながめる。

「何色にしようかな。迷うなあ」

「紙もけっこうあるし、何枚もできるから。まずは試しで」

母にうながされ、青い絵の具を選ぶ。筆に取り、水に垂らす。ちょん、と落ちたとたん、そこに青い花が咲いた。さっき母の作った花より少し小さい。

「二、三ヶ所置いても大丈夫だよ」

母に言われ、侑加はバットの端の方にもう一ヶ所絵の具を垂らした。

次はわたしだ。筆を持ち、紙コップをにらむ。ピンク、青。あとはなにがいいだろう。少し考えて、黄色にした。レモンイエローだ。水に絵の具を垂らすと、今度は黄色の花が咲く。

「あんまりいろんな色を置くと結局ごちゃごちゃ混ざっちゃうから、今回はこの三色でいこう。小枝、隙間を埋めてくれる?」

「隙間? わかった」

少し空いている部分に黄色を垂らす。水面いっぱいに模様が広がった。

「きれいですねえ」

侑加はうれしそうだ。

「これでもきれいだけど、マーブルっぽくするために、模様を作りましょう」

母はつまようじを手に取り、そっと水面を引っ掻き、絵の具をのばす。ピンクの絵の具がグイーンとのびて、渦のような模様になった。

「おお、すごい。ラテアートみたいですね」

侑加が言った。たしかにカフェでお店の人が作ってくれるラテアートのやり方といっしょだ。前に侑加といっしょに行った店では、店員さんがすいすいっとハートみたいな模様を作ってくれたっけ。

「方法は似てるけど、マーブルはあくまでもマーブルだからね。意味のある形を作るんじゃなくて偶然を楽しめばいい」

「やってみたいです」

侑加が言った。

「どうぞどうぞ。ふたりでやってみて。かき混ぜると全部混ざって一色になっちゃうから、そうっとね」

ふたりでつまようじを持ち、息を殺す。色と色の境界につまようじをつけ、すうっと引っ張った。

「うわあ、のびる。面白い」

思わず声をあげてしまった。色はつまようじの動く方向にのび、揺れる。

「時間かけすぎると絵の具が沈んじゃうから、手早くね」

母に言われ、少し急いだ。侑加はすっかり集中している。

「それくらいでいいかな。どう?」

母が言う。ふたりでできあがった模様を見て、うなずいた。

「じゃあ、紙に移すね」

母が水面にそっと紙を置く。だんだん水が染みてくる。全体に水が行き渡ったところで紙を端から持ちあげる。

「すごい。きれいに写し取られてる」

横からのぞきこんだ侑加が言った。母は模様の側を表に返し、新聞紙の上に置く。いろいろな色が渦になって、きれいな模様ができていた。

「これで一枚できあがり。色の組み合わせや配置を変えたり、模様の描き方を変えたり、いろいろできるよ。つまようじゃなくて、櫛を使ってくねくねってすると波みたいな模様ができるし」

母は櫛を手に持ち、手振りで示した。

それから母と侑加と三人で、黙々とマーブル模様の紙を作り続けた。重ならないようにするため、新聞紙は床にも拡張され、テーブルとまわりの床がマーブル模様で埋め尽くされた。淡い色合いのもの、黒や茶色の渋いもの、カラフルなもの。模様もあっさりしたものから細かいものまで。

作業をしながら、むかし母と旅行記を作ったのを思い出した。夏休みの旅行記。日付ごとに旅先で撮った写真や、チケット、切符を貼りつけ、文で説明する。写真に吹き出しをつけて、それぞれのひとこと感想を入れる。

母の書く文章はちゃんと情報もはいっているけど、コミカルに書かれているから読むたびに笑ってしまう。おかげでずいぶん時間が経ったいまでも、旅行中のあれこれがはっきり記憶に残っている。

小学校一年生のときは九州。二年生は東北。それを作るのが楽しみだった。だけど旅行記はその二冊だけ。二年生の秋に父が病気になって、年明けに亡くなった。それ以来、家族旅行に行かなくなったから。

「うわわ、なんだこれ」

途中やってきた圭太が広がった紙を見て驚いた声をあげた。侑加と母はあたらしい模様の描き方に挑戦しているところだった。

「ちょっと、圭太、踏まないでよ」

母が言った。

「踏まないよ。散らかしてるのはそっちなのに、なんで俺が怒られなくちゃならないんだよ、まったく」

圭太は苦笑しながら紙をよけ、キッチンにやってくる。冷蔵庫から水を出す。

「すごいことになってるね」

流しで筆を洗っていたわたしに耳打ちした。

「そうなの。お母さん、なんか気合いがはいっちゃって……」

「まあ、それはいつものことだけど」

圭太はぐいっと水を飲んだ。

「なんかさ、あのふたり、ちょっと似てない？」

小声でそう言って、リビングを指す。

「え、侑加とお母さん？」

「うん。顔じゃなくてさ。テンションっていうか……」

意外だったが、言われてみるとなんとなく言いたいことはわかる気がした。顔も性格もちがうけど、こういうことに対する集中力というか、妙なテンションの高さがちょっと似ている。

「圭太、なんか言った？」

母がこっちを見る。

「いや、なにも。それよりさ、みんな風呂とかはいんないの？　俺、勝手にお湯入れて、はいっていいかな」

「え、お風呂？」

母が時計を見る。

「うわ、ほんとだ。もうこんな時間」

十時半をまわっている。

「姉さんたちは明日休みなんだろうけど、俺、朝から塾があるから。先にはいって寝たいんだけど」

「わかった、もちろんいいよ。っていうか、ごめん、すっかり忘れてた。そしたら圭太、先にはいって。わたしたちもこれ終わらせたら順番にはいろう。そのあいだにマーブル紙も乾くし、お風呂出てからタイトルの文字を貼って、製本して……」

母の言葉を最後まで聞かず、圭太は浴室に向かった。

「タイトルの文字を貼る？」

わたしは母に訊く。

「だって、マーブル紙にそのままペンで書くわけにいかないでしょう？　わたしのパソコンでタイトルのラベルを印刷して、切って、貼りつける」

「なるほど」

侑加は感心したようにうなずく。

「そしたら、こうしよう。圭太がはいってるあいだに三人でここを片づける。それから小枝、侑加さん、わたしの順にお風呂にはいる。ふたりがお風呂にはいっているあいだに表紙の文字を印刷しておくから、わたしがはいってるあいだにそれを切り取っておいて」

さすが小学校の先生。段取りもばっちりだ。

「わたしが出てくるころにはマーブル紙も乾いてるはず。そしたらタイトルのラベル貼って、半分に折って、綴じる」

画用紙は、最初からA5の冊子の表紙にできるよう、A4の大きさになっていた。

「明日もわたしがいて手伝えたらいいんだけど、朝から地域の集会に出なくちゃいけないんだよねえ」

「大丈夫だよ。あとはわたしたちだけでできるから」

片づけをしながら表紙の文字の相談をした。マーブルの模様を活かしたいから、ラベルは小さく。明朝《みんちょう》体《たい》で、入れるのは年度とタイトルだけ。そう決まると、母は部屋からパソコンを持ってきて、さっそくラベルを作りはじめた。

圭太が出てくると、交代ですぐにお風呂にはいった。文字の大きさや配置、どんな紙を使うかはまだ相談中だったけれど、侑加と母にまかせることにした。ふたりはディスプレイをながめながら真剣な顔で相談している。

たしかに、あのふたり、似たところがある。圭太が言っていたことを思い出し、ちょっと笑いそうになる。好きなことに熱中すると歯止めが利かなくなるし、関心のあるものに出会うとすごくはしゃぐ。ちょっと子どもっぽいところがある。

母もあれでどうやって仕事をしてるんだろう、と思う。だけど、ちがうんだよなあ。母の学校の近くを通ったとき、ちょうど母が校庭にいた。運動会の指導の真っ最中で、大きな声で生徒たちを引っ張っていた。小さな母が大きく見えた。

侑加も。いつのまにか自分でシドニーに行くと決めていた。向こうに行ったらいったん創作はやめるって言ってた。まずは英語をしっかり身につけたい。だから日本語から離れてみる。大学は九月入学。それまで半年きっちり英語を学ぶ。

どうして侑加がそう決めたのか、よくわからない。でも、そのことを話す侑加の顔に迷いはなかった。いつもは優柔不断な方なのに、はっきりとそう言った。

その顔を見たとき、なんだかまた置いていかれた気がした。いつも先を行ってしまう。創作でもなんでも。追いつこうとしてがんばってようやくうしろ姿が見えたと思うと、侑加はまた先に進んでいる。どうやっても追いつけない。

前はそれがくやしかったけれど、いまは侑加といっしょに高校生活を送ることができて、ほんとによかった、と思っている。

だからあと少し。侑加がオーストラリアに行くまでもう一ヶ月ちょっとだけれど、この期間を大事にしたい、と思った。

お風呂から出てリビングに戻ると、ラベルの印刷中だった。

明朝体で、二重の罫線《けいせん》で囲まれている。シンプルだけどいい感じだった。紙もふつうのコピー用紙ではなく、ちょっと和紙っぽいシール紙だった。これをマーブルの紙に貼ったら、古い本みたいできっと素敵だ。母のセンスに感心した。

「いいね」

近くに行って言うと、侑加が、そうでしょう、と得意げに答える。

「そしたら侑加さんはお風呂にはいっちゃって。小枝は髪を乾かしたら、このラベル、カッターで切ってね」

母は仕事でよく使うので、小さな裁断機《さいだんき》を持っている。刃が回転式のもので、紙押さえがついているから危なくない。わたしも母を手伝ってよく使っているから慣れていた。

侑加がお風呂に行き、母はパソコンを片づけている。髪を乾かして戻ると、机の上に裁断機と回転式ステープラーが置かれていた。

「あと、ラベル貼るとき位置を確認するための台紙、作っておいた」

母が文集と同じサイズの紙を示す。上の方に四角い小窓がついている。表紙の上にこの台紙を置き、小窓の部分にラベルを貼ればいいってことか。

「お母さん、いろいろありがとう」

「なんのなんの。趣味だからね」

母は歌うように言った。

「さっきマーブル紙を作ってたとき、むかしのこと思い出した」

「むかしのこと？」

「うん。小学生のころ、夏休みの旅行のあと、旅行記、作ってたでしょ？」

「ああ、そうだったね」

母が顔をあげ、天井を見あげる。

「わたしもちょっと思い出してたよ」

そう言うと、ふうっと大きくため息をついた。

「ねえ、小枝。今度、旅行しようか」

母がわたしを見る。

「旅行？」

「圭太が大学はいったら、だけどね。そしたら小枝は大学三年、圭太は一年になるでしょう？　その年の夏休みに少し長い旅行をしようよ。海外でもいいし」

「か、海外？　でも、お金は？」

「ちゃんと貯金してある。お父さん亡くなってからずっと行かなかったでしょう？　いつか行こうと思ってたんだ」

父が亡くなってから、旅行はしたことがない。夏休みはいつも父方と母方の実家に帰省するだけ。何泊かすることもあるが、どちらも東京近郊だから旅行という感じではない。

でも。圭太もわたしも旅行のことを口にしたことはなかった。わたしは私立の高校だし、圭太の塾代もある。余裕がないことはわかっている。わたしも大学にはいったらアルバイトして学費を少しでも払わないと、と思っている。

「行ってみたいんだ、わたしが」

母が夢見るように言った。

「卒業文集に載せた小枝の小説。あれ読んだとき、思ったんだよ。小枝も圭太も、大人になったらこの家から巣立っていっちゃうでしょ？　三人そろって旅行できる機会なんてそんなにないかもしれない。その前に一回だけ。そしたら、また旅行記作ってさ」

そこまで言って母がうつむく。なんだか胸がいっぱいになる。父が生きているころ、いつかみんなで海外旅行に行きたいね、と言っていたのを思い出した。

影が近くにいるのがわかった。

「遠い、自分の知らない場所を見てみたいんだよね。小枝と圭太にも見せてあげたい」

母が顔をあげてわたしを見た。

「うん、わたしも行きたい。行こうよ、旅行」

わたしは笑って答える。母が、うん、と笑った。

侑加がお風呂から出ると、入れ替わりに母がはいった。侑加とふたり、乾いた表紙にラベルを貼っていく。母はお風呂のあと、あとはふたりでできるよね、と言って、眠そうに自分の部屋に行った。

5

表紙がすべてできあがると、本文と合わせ、回転式ステープラーで綴じた。

「おおお、できた」

侑加が声をあげた。

「きれい」

ふたりで冊子をぱらぱらめくる。おしゃれなノートみたいでかっこいい。

「うん、いいね。小枝のお母さんさまさまだね」

「そうだねえ。お母さん、こういうの好きだから」

「ちょっと変わってるよね」

侑加がくすっと笑う。

「そうなんだよ、子どもっぽいっていうか」

「わたしは好きだよ。小枝のお母さん、って感じがする」

侑加は遠くを見た。

それからふたりで黙々と折って綴じる作業を続けた。ふと高二の文化祭のことを思い出した。三日月堂のこと。活字のこと。

栞を作るとき、活字を拾ってならべた。文字に四角い身体があって、ブロックみたいにならべていくのだ。

あの作業、楽しかったな。それに、栞の文字はほんとに素敵だった。いつか、ああいう文字で本を作れたらなあ。自分の書いた小説を活字で本にできたら最高だろう。そんなこと、なかなかできないだろうけど。

でも、本を作る仕事っていいな。編集者っていうんだっけ。前に遠田先生から聞いた。小説読むのは好きだし、文集作りもたいへんだったけど楽しかった。編集っていう仕事もいいかもしれない。今度遠田先生に訊いてみようと思った。


「やったー。完成ー」

侑加がぱちぱちと手を叩く。すべての冊子を綴じ終わった。マーブルの表紙が波打っていたので、重しをしておくことにした。念のため合い紙をはさみながら冊子を重ね、上に重い本をのせた。

もう二時を過ぎていた。あたたかいミントティーを淹れ、ミルクを入れる。それを持って、わたしの部屋に移動した。

「ああ、星だ」

カーテンを閉めようとして、侑加が言った。

この家には小さな屋上がある。父も母もそれが気に入ってこの家を買ったのだ。小さいころは危ないから、とひとりで上がらせてもらえなかったが、いまはいちばん好きな場所だ。世界でいちばん好きな場所。

「侑加、屋上出てみる？」

「屋上なんてあるの？　出てみたい」

侑加が言った。パジャマの上にセーターと上着を着こみ、屋上に出る。持っていたミントティーはあっという間に冷めてしまいそうだ。

「うわあ、さむー」

侑加はぶるぶるっとしてから、ミントティーをひとくち飲んだ。

「でも、きれいだね」

空を見あげながら言った。満月に近い月が皓々《こうこう》と輝いている。星も少しだけ見えた。

「ああ、あれ、北斗七星《ほくとしちせい》」

侑加の指さした先にひしゃくの形が見える。

「オーストラリアではね、北斗七星は見えないんだって」

侑加が言った。

「そうなの？」

「南半球だからね。北半球とは見える星座がちがうんだって」

「へえ」

「北斗七星の代わりに、みなみじゅうじ座が見えるんだってさ。よく南十字星って言われるけど、ひとつの星じゃなくて、星座なんだって。『銀河鉄道の夜』でサウザンクロスって言われているやつ」

サウザンクロスは銀河鉄道の終着点だ。蠍《さそり》座をながめながら「さそりの火」の話を聞き、ケンタウルの村を過ぎる。サウザンクロスで客のほとんどが降り、ジョバンニとカムパネルラだけが残される。石炭袋を見たあとに、カムパネルラは消えてしまう。

「ケンタウルス座もみなみじゅうじ座も日本だと南の方に行かないと見えないけど、オーストラリアからだとよく見えるんだ。石炭袋も見えるかもしれないね」

石炭袋は暗黒星雲というものだと聞いた。前はなにもない「空の穴」だと思われていたが、ほんとうは星間雲、つまりガスや塵《ちり》がたくさん集まった場所なのだとわかったのだそうだ。それが背後の星の光で照らされ、黒い影のように見える。

石炭袋とは、死んだ人たちが集まる場所なのだろうか。父の黒い影を思い出しながら、ぼんやりそう思う。

「ほかにもね、カメレオン座、くじゃく座、テーブルさん座、とびうお座、はえ座、はちぶんぎ座、ふうちょう座、みずへび座、みなみのさんかく座……。みんな日本では見えない星座だよ」

どれも聞き覚えがない。カメレオン座にはえ座？　どんな形をしているのだろう。

「マゼラン星雲も見えるんだよ。それに、日本で見える星座も向こうでは逆さまになる。月の欠け方も逆に見える」

「逆さま？　どうして？」

「南半球だから。地球は丸いでしょう？　南半球からだと逆立ちして星空を見てるのと同じになるんだって。何度説明されてもいまひとつよくわからないんだけど」

侑加は笑った。

「そんな場所があるんだね」

「そう。あるんだよ。わたしもいままで知らなかった。シドニーでは星空もちがう、季節も反対で、もちろん言葉もちがう。ほんとにやっていけるのかな、って思う」

侑加が星を見あげながら言う。

「わたし、ほんとは日本語から離れるのが怖いのかもしれない。英語、苦手だしね。先生に言わせると、頭の内部で日本語の文章をたくさん作ってるタイプの人は、ほかの言語がなかなかはいってこないんだって」

「そうか。侑加の日本語はすごいからね。ほかの言語であれと同じくらいすごい表現をできるようになるのはたいへんなことかもしれない」

「うーん、すごいかどうかはわからないけど。ほかに特技もないしなあ。日本語の力がなくなったら、なにもできないんじゃないか、って」

佑加はうつむいた。

「お母さんといっしょに行くって決めたのは、わたしがひとりで日本に残るのをお母さんが心配したから、っていうのもあるんだ。っていうか、お母さんからしたら、海外に行くのはお父さんから離れるためなのかもしれない、って思う」

「そうなの?」

「お父さんが干渉してくるんじゃないか、って心配してるんだよ。兄さんは、そんなの母さんの考えすぎだって言うけど。父さんも再就職が決まって落ち着いてる。母さんとのあいだの信頼はもう取り戻せないかもしれないけど、俺は父さんの息子でもあるから、父さんともつき合っていくつもり、って」

佑加は大きく息をつく。

「兄さんは家がたいへんなことになってたとき、いなかったから知らないんだよ。あれだけいろいろあったから、お母さんが不安になるのは仕方がない、ってわたしは思う」

侑加が夜空を見る。わたしも遠い空を見た。

「ねえ、小枝。なにかが壊れるときってさ、すごくきれいだと思わない？」

しばらくして、侑加が言った。

「たとえばガラスが割れるとき。なにかがぶつかって、ガラスが粉々になる。小さな破片になって、きらきら光る。いつもの何十倍、何百倍もうつくしく輝く」

「そうだね」

「これまで見えていなかった細かいところも全部見えるの。このガラスの内側にはこんな部分もあったんだ、って思う。すべての部分が見えて、まばゆく光る」

侑加が上を向き、目の端から涙が流れるのがわかった。

「そんな感じだった、家が壊れたとき。忘れてた小さな思い出が全部きらきらきれいに光って、そんなことふだんはすっかり忘れてたのに。そうやって一瞬だけ輝くと、全部地面に落ちる。だけど、そのきらめきが目に焼きついて、こんなにきれいだったんだ、って思って、手放せなくなる」

「侑加……」

「わたしだってね、お父さんのこと好きだったんだよ。だけど、もう無理になった。過去がきれいだったってわかっても、もうなくなってしまった」

侑加がしゃくりあげる。

「知ってるんだ。ほんとはそれがガラスじゃなくて氷みたいなもので、やがては溶けて、全部なくなってしまうんだって。かき集めようとしても、どうにもならないんだ、って。それでもきらきらの瞬間のうつくしさだけは頭から消えない」

わたしの家にも父はいない。だけど、侑加の家はまた全然ちがう。わたしは父に二度と会えない。侑加は会おうと思えば会えるけど、それは侑加の会いたいお父さんとはちがう。その辛さはわたしにはわからない。

「だけどね、シドニーに行くのは、お母さんが心配、ってだけじゃないんだよ。いままで見えなかった世界に行きたくて、南半球に行くことを選んだんだ」

侑加が力強く言った。

「夏にシドニーに行ったでしょう？　あのとき、びっくりすることばかりだったんだ。世界にはまだ見てない場所がたくさんある。そのことに救われた」

わたしは侑加をじっと見た。

「自分の知らない世界を見たいんだよ」

侑加が言った。さっきの母の言葉を思い出す。

——遠い、自分の知らない場所を見てみたいんだよね。小枝と圭太にも見せてあげたい。

「そうだね」

わたしがうなずくと、侑加は笑った。

海外旅行。侑加のいるオーストラリアでも行けるかな。

「あたらしいものをしっかり受け取るために、いったん創作はやめる。創作をはじめると日本語が頭のなかでどんどん増殖しちゃうから。そしたら聞こえるものも聞こえなくなる」

「そうか」

「でも、創作をやめるわけじゃ、ないんだよ。いつかは英語で書けたら、って思ってる」

「英語で？」

驚いて訊き返す。

「英語で書けたら、世界じゅうでベストセラーになるかもしれないじゃない？」

侑加が笑った。

「いまのわたしは日本語にしばられすぎてる。日本語で書くと、もともと持ってるリズムに巻きこまれて、自分の枠から出られない。みんな侑加らしいって褒めてくれるけど、それだけじゃ、ダメなんだ。もっと長いものを書きたい。大勢の人が出てきて、それぞれが生きているみたいな、大きな話」

「いいね」

わたしは笑った。

「でしょう?」

侑加も笑った。

「大丈夫。生きるよ」

「うん」

うなずいて星を見あげる。あとひと月も経てば、侑加は別の空の下にいる。侑加の見ている世界をわたしものぞいてみたい。逆立ちすれば見えるだろうか。

負けられない、と思った。文集は終着点じゃない。ここからはじまるんだ。わたしたちのそれぞれの旅が。遠く離れてばらばらになって、それぞれが自分の道を歩いていく。

——いっしょに行こうねえ。

ジョバンニの言葉を思い出す。たよりないひとりの道でも、侑加もどこかでひとり歩いていると思えば、きっと進める。

——いっしょに行こうねえ。

侑加の声が聞こえた気がした。ふたりとも黙ったまま、ならんでじっと空を見ていた。

二巡目のワンダーランド

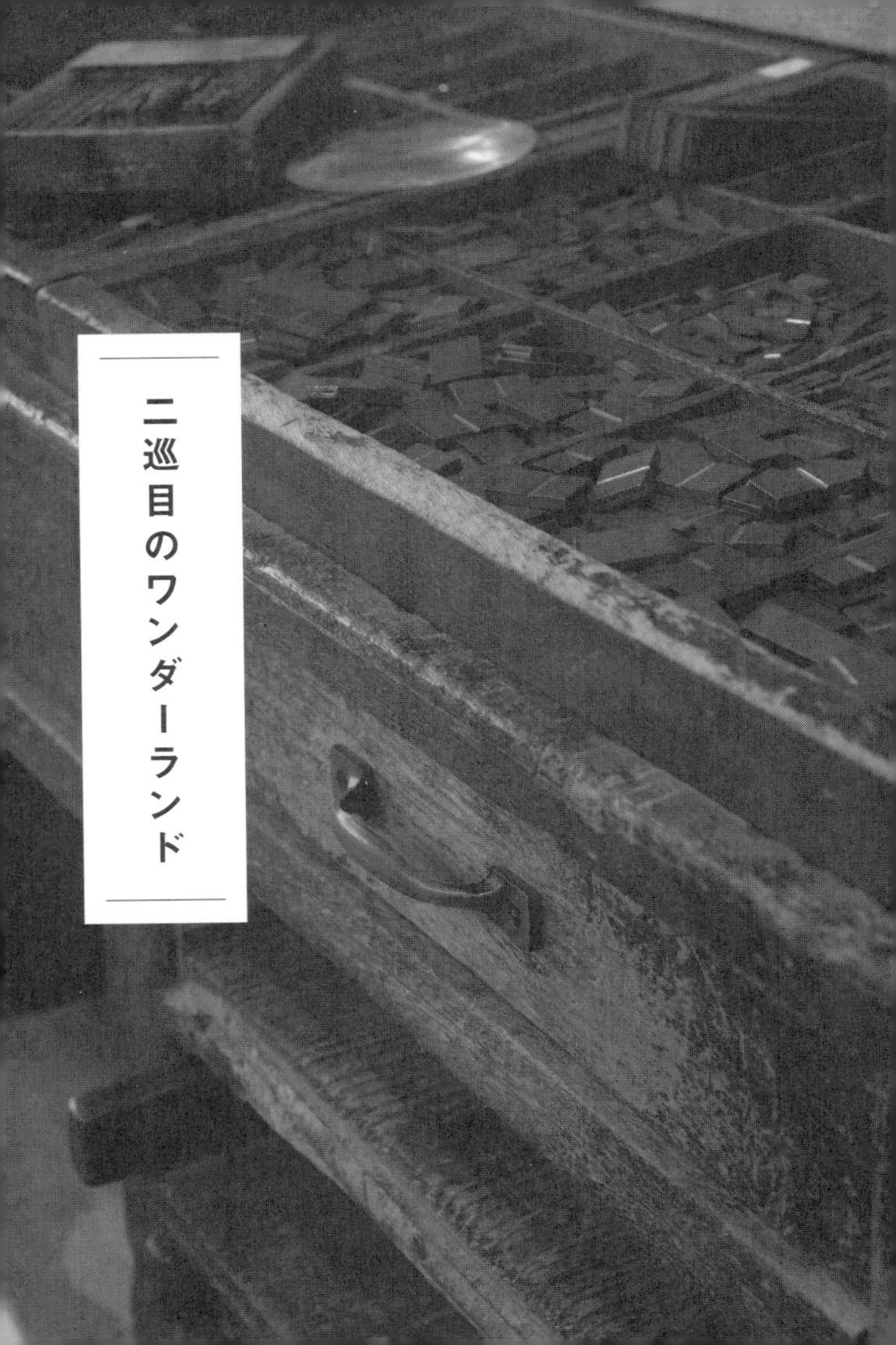

1

世界に裏側がある。俺がそのことを強く意識したのは、たぶんいまの広太《こうた》くらいの年のころ。小学校を卒業する前のことだった。

その日、俺は家族といっしょにディズニーランドに行った。もちろんはじめてじゃない。ディズニーランドには何度も行っている。ただ、そのころはまだ幼かったから、乗り物やパレードしか見えていなかったんだと思う。

中学受験のために塾に行くようになり、五年生になると土日にも塾や模擬試験がはいるようになった。長期休みにも講習や特訓の合宿があるから家族旅行はなし。週末に出かける、なんてこともほとんどなくなってしまった。

塾代がバカにならないというのもあったんだろう。合宿には数十万かかる。息子を塾の合宿に行かせたら、家族旅行なんて無理に決まっている。

六年生の夏休みあたりからは緊張の連続だった。そのころになっても偏差値は安定せず、第一志望の学校でA判定が出るのは稀《まれ》だった。冬休みにはいったころにはいらいらして、部屋で突然うわあっと叫んだりして、お兄ちゃんが怖い、と妹に泣かれたりもした。

試験の前日はよく眠れなかった。試験会場でも途中で鉛筆が折れたり、社会の答案で途中まですべてずれて答えを書いていたことに気づき、あわてて消そうとして答案用紙が少し破れてしまったり、とにかくとんでもなく切羽詰《せっぱつ》まっていた。

試験会場を出てから、算数の問題で大きなミスをしたことに気づき、これは絶対に落ちた、と思った。これまでの努力はすべて無駄になった、と落ちこみ、背水の陣で翌日の第二志望に向かった。

第二志望の方はそこそこできたような気がしていたが、結局、第一志望の学校には合格し、第二志望は落ちていた。貼り出された合格発表を見あげながら、喜びより先に、これで終わったんだ、という気持ちが押し寄せて、力が抜けた。

よかったあ、という母の声を聞いて、ようやく喜びが湧いてきて、掲示板の前でいっしょに写真を撮ったのだ。

晴れて自由の身になったものの、なんだかふわふわした気持ちだった。なにしろ二年間塾に通い詰めだったのだ。休日の遊び方なんてすっかり忘れてしまっていた。解放感はあったが、なにをすればいいのかわからない。

そんなときだった。親父が合格祝いにディズニーランドに行こう、と言い出した。

塾通いをはじめる前にそう約束していたらしい。俺はといえば、その後の受験勉強があまりにも大変で、そう言われてみればそうだったかな、という程度だったが、母も妹も久しぶりに遊びに行けるのをとても喜んでいた。

ディズニーランドはもちろん、家族で出かけること自体久しぶりで、車に乗っているあいだは、そういえばむかしはこんな感じだったなあ、と少しなつかしいような気持ちに浸っていた。

だが、久しぶりに行ったディズニーランドは以前と少し変わっていた。いや、ディズニーランド自体はなにも変わっていない。アトラクションや細かいところは変わっているかもしれないが、大筋は同じ。風景も雰囲気もびっくりするくらい同じだった。

たぶん変わったのは俺の方だ。俺の見方が変わった。以前はなんの疑いもなくディズニーランドの世界にはいれたのに、なんだか違和感があった。どこもかしこもきれいで、ゴミひとつ落ちていない。以前とどこも変わっていないこと自体、奇妙に感じられた。

完璧すぎて嘘みたいだ。

あのとき俺はそう思ったんだ。そのころ学校で流行っていたディズニーランドにまつわる都市伝説がいくつか頭をよぎった。なにもかもが嘘くさく思えて、地面から身体が浮きあがるような気分になった。

最初に感じたその違和感は、いくつかアトラクションに乗るうちにだんだん薄らいでいって、結局俺もみんなといっしょに一日楽しく過ごした。けれど、ふっとした隙になんとなく落ち着かない気持ちが浮かびあがってくる。

そうして、落ち着かない気持ちにさせるものの正体がディズニーランドの裏側だと気づいた。遊園地を動かす動力や、従業員たちが働くスペース。古くからある遊園地では、お化け屋敷の従業員用の裏口を目にしたこともあったが、ディズニーランドは徹底して裏が見えない。裏がどこにあるかすらわからないように、うまく隠されている。

すべてが徹底して夢の世界、ワンダーランドなのだ。

客が裏のことを考えないですむように作られた世界。

だがうまく隠されているからこそ、人は裏側があることを意識するのかもしれない。ディズニーランドにまつわる都市伝説はそういうところから生まれたのかもしれない、なんてことを考えていた。

違和感はそれで終わりじゃなかった。年齢があがるにつれ、だんだん、裏が見えないのはディズニーランドのなかだけじゃないのだ、とわかってきた。世界にも裏がある。駅の自動販売機にも、コンビニの奥にも、どんな店の奥にも、客から見えない裏がある。子どもの俺に見えていたのは世界の表側だけで、実は裏側にそれを動かす部分が隠されている。

俺は住宅関係の会社に就職した。家やマンションを建てる仕事だ。建物には住んでいる人も知らない裏側がある。電気系統に排水管。屋根裏や床下にはりめぐらされたものたちが家を支え、動かしている。

世界とはこういう仕組みになっていたのか。社会人になったばかりの俺は、毎日そのことに驚いていた。そして、大人になるというのは、裏側にはいれるようになることなんだ、と気づいた。

二巡目。そんな言葉が浮かんだ。

子どものころ、成長するなかで出会うのはすべてはじめてのものだった。やがて身のまわりのことはたいていわかるようになり、世界のすべてがわかったつもりになる。ところがどっこい、そのすべてに裏があったのだ。

コンビニの商品はどこかの工場で作られ、だれかが運転する車で運ばれてきて、だれかが棚に置く。スーパーマーケットの裏では、肉や魚をさばいている人がいる。マンションの廊下の電気は切れたらだれかが交換しているし、エレベーターはだれかがときどき点検している。

世の中に流通している人工物はすべて、加工食品も日用雑貨も衣料品もそのパッケージも、本や雑誌やテレビ番組もテレビ自体も、信号も道路標識も、なにからなにまですべてだれかがどこかで作り、だれかが運んできたものだ。

子どもには裏で動いている黒子《くろこ》は見えない。準備された世界で疑いもなく遊ぶだけ。大人になるとは裏側にはいり、黒子になり、世界を自分の手で動かすことだ。社会人になった俺にとって、世界はまたはじめてのものばかりになった。

それは俺にとって、人の手で作られた遊園地よりよほど刺激的だった。もちろん苦労も嫌なこともあるけれど。ほんとに生きてる、と感じた。

育児もそうだった。

若いころは、結婚したらなんとなく子どもが生まれて、子どもとの暮らしがはじまって、とぼんやり思っていた。家庭のことなんてすべてわかっていると考えていたのだ。なぜなら、子どものころにすでに体験しているから。

だが、全然ちがったのだ。俺が子どものころ「家庭」だと思っていたのは、だれかが作った表側だけ。裏のことはなにも見えていなかった。

理子《さとこ》と結婚してふたりきりだったころは、おたがいにおたがいのことだけを考えていればよかった。自分で自分のことがきちんとできる大人同士の同居。だから、独身時代とそう変わらずに生活することができた。

あのころは理子のことだってちゃんとわかっていなかった。おたがいに余裕があったから、都合のいいところだけ見せることもできた。逆に言うと、相手を自分の都合のいいようにとらえることができたのだ。

理子のことはすべてわかっているつもりになっていた。だがちがった。そう気づいたのは最初の子を亡くしたあとだった。

俺たちの最初の子、あわゆきは、生まれて三日で死んでしまった。生まれてから先天性の異常があることがわかり、三日で死んだ。理子もだれも悪くない。まだ若いのだから、次がある、とみんなに言われた。

だが、理子は立ち直らなかった。朝も夜もほとんどなにもしゃべらない。ごはんは出てくる。だが、しずかに遠くを見ているだけで、俺と目を合わせようともしない。あいだに高い壁がそびえたち、外に締め出されたような気がした。

悲しいのだろう、と理屈ではわかっていた。でも心のどこかでしばらくすれば自然に治るだろう、と思っていた。だが、ひと月経っても理子は復調せず、俺はしだいにいらいらするようになった。

世の中には不幸なことなんていくらでもある。そのたびにうずくまっていたらなにもできない。もっと大変でもがんばっている人はいくらでもいるじゃないか。仕事が忙しいという理由をつけて帰りが遅くなっていったが、ほんとうは理子と向き合うのがこわかったのだ。

日曜日、理子が買い物に出かけ、家にひとりになった。出しっぱなしになっていた理子の服をしまおうとして、理子のクローゼットをあけたとき、奥に小棚があることに気づいた。

なんだろう、と思いながら扉を開けた。

あ、と声が漏れ、しばらくその場で固まっていた。

棚のなかには、小さな壺が置かれていた。まわりにはかわいいお菓子やおもちゃが飾られている。頭がくらくらした。

この壺は、お骨だ。あわゆきは火葬場で焼いてもらって、お骨になった。寺では無理に墓に納める必要はない、と言われ、小さな骨壺をそのまま家に持ち帰った。リビングの棚の上に置き、俺も毎朝手を合わせていた。だが数ヶ月後、出張から戻ると骨壺がなくなっていた。

——四十九日も過ぎたから、しずかなところにしまったの。

理子はそう言って、寝室の自分の机の上にある小さな棚を見せた。それがこの棚だった。

しばらくはそのまま理子の机の上に置かれていた気がする。

だが、いつのまにか棚はなくなっていた。それがいつだったのか思い出せない。

俺は、棚のことを忘れていた。骨壺のことを忘れていた。

いや、忘れたわけじゃない。俺は首を横に振った。ふだんの生活のなかで思い出すことがなくなっていただけ。でも、それは結局同じことなんじゃないか。忘れることと、思い出さないこと。

心がさあっと青ざめていくのがわかった。

——なにしてるの。

そのとき扉の方から声がした。買い物袋を下げた理子が立っていた。俺はなにも答えられず、棚に壺を戻した。

理子はじっと黙っている。

――なんで言わなかったんだ。
沈黙に耐えかねて、俺は口を開いた。
――机の上からここに移したなんて……。
理子が黙ってうつむく。
――いつ移したんだ。
――一ヶ月くらい前。
ようやく理子が口を開く。
一ヶ月……。一ヶ月のあいだ、俺はそれがなくなったことに気づかなかった。
――なんで移したんだ。
――なんで、って……。
理子がまたうつむく。
――なんで教えてくれなかったんだ。俺だって、親なんだから……。
言いかけて、口ごもる。一ヶ月も気づかなかったんだ。理子を責める資格はない。
わかっているのに、いらだちを抑えられなかった。
――あなたが……あわゆきに声をかけなくなったから……。
理子が途切れ途切れに言う。

――声をかけない？

――リビングにあったときは毎朝手を合わせてた。でも机の上に移してからは……。

――そりゃ、忘れるときだってあるよ。仕事もあるんだし。

忘れるときもある？　口にしてから自問する。最後に手を合わせたのはいつだ？　机の上に移ってから、何度手を合わせた？

――わかってる。いつまでもしばられていちゃいけないんだって。

――そんなこと言ってるんじゃない。大事に思っていても忘れてしまうこともある。それも許せないのか。

俺がそう言うと、理子はぽかんとこっちを見た。

――許せない？　そんなこと言ってないよ。ただ、悲しかっただけ。お骨がそこにあるのに、あなたが素通りしていく。それを見ているのが、辛かっただけ。

――許してない、ってことだろう？

――ちがうよ。でも、それを見てるのが耐えられなかったから、見えないところに移した。

理子が吐き出すように言う。

――なんだよ、それ。俺をなんだと思ってるんだ？

――わたしにとっては、あわゆきはいるの。ひとりの人間なの。まぼろしじゃないの。三日だけでも生きて、でも死んじゃった。だから忘れられないの、かたときも。

答えられなかった。たしかに俺は、そうじゃなかったかもしれない。仕事に出れば、あわゆきのことも理子のことも思い出さない時間が大半だ。だからって、忘れたわけじゃない。人間ってそういうものじゃないか。

――なんでだ。なんでそこまで閉じこもって……。

――仕方がないんだって、わたしだってわかってるよ。

理子は声をあげて泣いた。

その日、俺たちは長い時間話し合った。理子は泣き、俺は怒り、口論になった。そのあいだには高い壁がそびえたち、もう歩み寄れないかもしれないと思った。長い言い争いのなかで、俺はようやく理子が自分とは別の人間だと気づいた。それまでの俺は世界を自分の目で見ることしかできていなかったのだと気づいた。理子のことはもちろんとても好きだったけれど、理子もまた理子の目で世界を見ているひとりの人間だということをちゃんと理解していなかった。

理子は自分とはまったく別の人間だ。別の頭で考え、別の人間としてここに存在している。あわゆきも。三日しか生きられなかったけど、人間だった。俺たちはそのあいだ、親だった。いまも。

俺たちは確認し合った。生きていくことはできなかったけれど、「あわゆき」は理子と俺の子どもであること、その未来は失われたけれど俺たちはまだ生きていることを。そうして、もう一度子どもを作ろう、と決めた。

2

一年後に広太が生まれ、いまの俺たち三人の暮らしがある。

責任感の強い理子は、妊娠中からひどく緊張していた。前のこともあるし、俺だって器用に緊張を和らげるなんて芸当はもちろんできない。だが、それでいい、と理子は言った。そばにいてくれるだけでいい、と。

広太はさいわい元気に生まれ、すくすくと育った。俺たちにとっては大変な日々だったけれど。生まれたばかりのころは二十四時間態勢だった。線の細い理子が信じられないほど強くなり、細切れの睡眠時間でがんばっている。

自分にできることは少なく、そのことに正直プライドを傷つけられもした。俺にだってできる。そう思って手を出し、失敗し、理子に叱られ、喧嘩になった。広太のことになると理子は引かない。どうにもこうにもならなくなり、すべて投げ出してしまいたくなったときもあった。

会社の女性の先輩から、この件に関してはサブに徹するしかない、と言われた。育児に関しては奥さんの方が上司だと思うしかない、敬意を持って接すること、と。そうか、上司か。そう言われてから、少し気が楽になった。

理子の復職を考え、広太が三歳になる年から保育園に預けることにした。〇歳児、一歳児のクラスはどの園でも受け入れ人数が少なく、入園はむずかしい。だが二歳児、三歳児になるとはいりやすくなるようで、なんとか近くの保育園に入れることができた。

そのころから理子だけでなく、広太も自分の意見を言うようになった。広太が生まれてからも、あまりしゃべれないうちは、この家で意見を持っているのは理子と俺だけだと思っていた。

それがあるとき、理子とこれからどこに行くかを決めようと話し合っていて、突然下から声がしたのだ。僕はさ、プールがいいと思うんだ、と。俺も理子もびっくりして下を見た。広太が意見を言っていた。

ああ、そうか。広太はうちの三人目なんだ。そう思って、思わず笑った。理子も同じことを感じたのだろう、ははは、と声をあげて笑った。

あたりまえのことだが、広太は俺とも理子ともちがった。足して二で割った、ということでもなく、俺や理子には想像できないようなことをするときもあった。俺とはちがう頭で考え、俺の都合のいいようには動かない。ときどき面倒臭くなる。だが、いつのまにかそんな広太の手応えを面白いと感じるようになっていた。

思えば、長いことそんなことはなかった。子どものころは親とも兄弟とも学校の友だちともしょっちゅう喧嘩していたが、大人になるにつれてまわりと距離が取れて、気持ちをむき出しにすることはなくなっていた。

そのとき、気づいた。ああ、これも二巡目なんだ、と。

子どものころ、俺は悩みながら自分と世界との関係を作っていった。自分だけが悩んでいるつもりだったが、親も必死だったのだ。いま俺はあのときと同じ状況にいる。前回は子どもの目で、今回の二巡目は親の目で、その状況を見ているんだ、と。

生まれたばかりの俺たちはなにもできない。乳を与えられ、おむつを替えてもらい、あやされ、寝かされ、必要なものはすべて親が買っていた。移動するときには常に抱っこかベビーカー。

小学校高学年になったころにはほぼ自分だけで生きていて、親は生活の背景だと思っていたけれど、衣食住など生存に関する部分はすべて親がかりだったのである。世の中の仕組みも、親になってみてはじめてわかることがたくさんあった。地域の施設がなんのためにあるのか、学校とは、町会とはなんなのか。

二巡目の世界は常にハードだ。子どものころはいつも親や学校にしばられていて、大人はなんでも好きにできていい、と思ったこともあった。だが裏側にいる人間も、それはそれで大変なのだよ。夢中で遊んでいる広太を見ながらときどきそう言いたくなった。

だけど、楽しい。少しずつ真実が見えてくる。子どものころはただわずらわしいと思っていた、早く寝なさい、勉強しなさい、という言葉、俺が嘘をついたときの苦虫《にがむし》を嚙み潰したような表情、宿題をせずに遊んでいたときの呆れ顔、あれがなんだったのか、わかるようになった。

広太が五年生にあがったころ、中学受験の話が出た。言いはじめたのは理子だった。広太の小学校の友だちが次々と進学塾に通うようになり、よそのお母さんから広太くんはどうするの、と訊かれるようになったと言う。

——中学受験はけっこう大変なんだ。よそがやってるから自分も、なんて気軽な気持ちではじめるもんじゃないよ。

俺は自分の受験を思い出しながら言った。生真面目な会社員だった親父は、いい会社にはいるためにはちゃんとした大学に行かなければならない、という考えの持ち主だった。だから俺は中学受験をすることになったのだ。

親父は古い人間で、家事育児はすべて母にまかせきりだった。だがなぜか受験に関してだけは俺が見る、と言い出し、テストのたびに結果を報告しなければならなかった。成績が落ちれば叱られた。それがとてつもなく怖くて、報告業務は地獄だった。

——やるからにはできるかぎり上の学校を目指さなくちゃならない。それはけっこうしんどいことだよ。

俺は自分の経験を話した。理子は中学受験をしていない。公立の中学に行き、それなりに成績がよかったようで、高校受験でもさほど苦労しなかった。

——中学受験っていうのはさ、そのあとの受験とはまったくちがうんだよ。なんていうかなあ、所属する階級を決めるような……。

——階級？

理子が首をかしげる。

——まあ、いまはわからないけど、俺たちのころは学歴が人生を決める、みたいな信仰があったからね。いい学校に行っていい会社にはいれば上の階級にはいれる、みたいな？　学校ではそういうことがぼんやりしているんだけど、塾では成績だけがすべてだからね。クラスは成績でふりわけられて、テストのたびに結果に応じてクラスが変わる。上のクラスに行くと、下のクラスのやつなんて相手にしないし、まわりの人を偏差値だけで判断するようになる。

——そういうものなの？

——そうだよ。親もがんばらないとダメなんだよ。保護者向けの説明会みたいなのがあって、みんな子どもの偏差値を少しでもあげようって躍起になってる。

——そうか。わたしも勤めがあるし、そこまでできないかなあ。

理子は川越の近くの住宅展示場で働いている。広太が二年生までは時短勤務だったが、四年生からフルタイムに戻った。いまは展示場で開催されるイベントの企画などもまかされていて、土日に出勤することもあった。

——まあ、いまは共働きの人も多いだろうから、できない、ってことはないだろうけど。それに中学受験の問題は専門家じゃないと見られないよ。問題は価値観。偏差値をあげることがすべて。親もそう考えてないと乗り切れない。

――そうか。それでいいかどうか、よくわからないね。

――親も子どもも偏差値だけで人を判断するようになっちゃうからね。小学校高学年ってさ、すごく自由で、創造性のある時期だと思うんだよ。だからその時期を受験勉強なんかに使っちゃっていいのか、という問題もある。でも、塾に行かないで受験は無理だから、受験する可能性があるならいまからはじめないとダメ。

――むずかしいね。

理子もうーんとうなる。

二巡目になったところで、わからないものはわからない。自分が中学受験をしてよかったのか悪かったのか、いまとなってはわからない。俺自身にも。しなかった人生はどこにもないのだから。

結局、広太を含め三人で相談することになった。

広太は理屈っぽいところがあるから、中学受験をするメリットとデメリットを考えるところからはじめた。塾に行くようになれば、行ける学校の範囲が広がる。これはメリット。これまでと同じようには遊べない。これはデメリット。

それから向き・不向きも考えた。勉強は好きか。将来どんな職業につきたいか。

——そういえばさ、広太、お前、将来なにになりたいんだ？

俺は訊いた。

——僕？　それが、よくわからないんだよ。

広太が首をひねる。

——なれる・なれないまで考えなくていいんだ。ぼんやりとでもあるだろう、こんな職業が気になる、とか、こんなことをやってみたい、とか。

——まあ、それは少しはあるよ。でも、どれもそこまでじゃなくて……。

広太の返事は煮え切らない。

——そういえば二分の一成人式のときもそうだったわよねえ。広太だけなりたい職業が決まらなくて、世界の謎を解き明かしたい、みたいな漠然としたことを言ってたでしょ？

理子が言った。

小学校四年のとき、学校公開で二分の一成人式なるものが行われた。二分の一、つまり十歳ということだ。これまでをふりかえり、将来の夢を語る。いつからはじまったのかはわからないが、いまは多くの小学校でこの行事があるらしい。

広太の夢は「世界の謎を解き明かしたい」で、あとでほかの生徒たちから「探検家にでもなるつもりか」とからかわれていた。

学校からの帰り、広太だけ夢がはっきりしなかったわね、と理子は少し気にしているようだった。だが俺は、それくらいの方がかえってマトモなんじゃないか、と答えた。将来の夢って言ったって、親の前で発表するとなればどうせまっとうなことしか言えない。

スポーツ選手になりたい、という王道の夢ならともかく、ほとんどの子はまだなにになりたいか定まっているはずがない。それを無理やり大人の好むような形に押しこめるのはなんかちがう、と感じていた。

だが、こうして進路を決めるにはわかりやすい夢があった方がいいのかもしれない。夢があれば目標を立てやすいし、がんばる気持ちにもなる。

――まあ、いまは細かいところまではいい。大学受験ともなれば、将来を考えて、文系とか理系とか決めなくちゃいけないけどな。

――そうなんだ。

広太はいつになく真剣な顔になる。

――いつかはちゃんと決めなくちゃならないんだな。

噛みしめるように言った。その顔が少し大人っぽく見えた。決めなくちゃいけない。そうだ、だれでもいつかは決めなくちゃいけない。声に出さず、うなずく。

——じゃあ、決めた。僕、塾に行く。受験、するよ。

広太が言った。

——え、ほんとに？

理子が驚いたように広太を見た。

——僕はなにになりたいかまだ決まってない。決まってる人はいいと思うんだ。それになるために必要なら受験すればいいし、必要ないなら受験しなくていい。けど、僕は決まってない。だから少しでも可能性が多い方がいいでしょ？

——けど、これまでみたいに遊べなくなるよ。土日も塾に行かなくちゃならない。

俺は訊いた。

——うーん、それはちょっとやだけど……。でもがんばる。がんばれるよ。

それから理子とふたりで近所の塾を調べ、川越駅の近くにある大手の進学塾に決めた。進学塾はたいてい入試が終わった二月から学年がスタートする。塾探しをはじめたときはもう四月で、広太は中途から塾に通うことになった。

3

塾での成績はそこそこだった。三クラスあるなかの真ん中。でも絶対に上のクラスに行こうとあせる様子はない。むしろ、塾でできたあたらしい友だちと楽しくやっている、という感じだ。予想通り、理子ものんびりしている。

横目で、これでいいのかな、と思っていた。俺は親父のチェックもあったから、順位をあげるためにもっと必死だったような気がする。

やはり俺が見ないとダメなんだろうか。だが、親父みたいにはなりたくない。ああ、ほんとうに、二巡目だからと言ってなにもわかるわけじゃない。自分のことじゃない分、余計いらいらする。

広太が塾からもらってきた資料を見ると、受験業界の現状も俺たちのころとはだいぶ変わっているらしい。学校のランクも変わっていたし、俺たちのころは女子校だったのが共学になっていたり、むかしは目立たなかった学校が名前を変えて進学校になっている、なんていうこともあった。

まあ結局、なるようになれ、だな。広太は俺とちがうし、俺も親父とはちがう。

それでも公開模試のときだけは成績をチェックし、時間があれば解けなかったところを見てやった。

五年生の夏は法事で富山に行った。

その年は祖父の十三回忌で、お盆に親戚が集まることになっていた。あわゆきのお骨もそのときいっしょにお墓に納めようと理子と相談していた。

——広太にも話そう。五年生だし、もう大丈夫なんじゃないか。

俺が言うと、理子は少し目を伏せた。

——そうだね。

少しして、理子はうなずいた。

——俺が話すよ。

——え？

理子が目を丸くする。その話をするのは理子にとっては重荷だろうと思っていた。

——俺から話す方が、広太も呑みこみやすいと思うから。

理子は俺をじっと見つめ、うなずいた。

広太とプールに行った帰り、ふたりで食事をしたあとにあわゆきのことを話した。

話すまではかなり緊張した。どう反応するか見当もつかない。ショックを受けるかもしれないし、意外と無反応かもしれない。タイミングを見計らい、意を決して話した。

広太はすんなりと受け入れた。そのときは。だがやっぱりそう簡単じゃなかった。すんなり受け入れたように見えたのは、広太自身がそのとき咀嚼《そしゃく》できていなかっただけ。結局そのあとしばらく様子がおかしくなった。

理子にあわゆきの話を聞き、そのあと妙な夢を見たりしたみたいだ。受け入れるには少し時間がかかるかもしれない、と思った。

だが、広太は自分の力で呑みこんだ。それどころか、俺にもできなかったことを成し遂げたのだ。

川越の一番街の裏に三日月堂という印刷所があって、広太はいつのまにかそこの店主と仲良くなっていた。弓子さんという若い女性だ。広太は呑みこめない思いを彼女に話しているうちに、あわゆきの名刺を刷ることを思いついた。

ファースト名刺というらしい。生まれたばかりの子のために刷る、名前だけの名刺。広太は俺たちにはないしょで、自分の小遣いで名刺を刷ってきた。

いまはめずらしい活版印刷の名刺だった。白い紙に押された「あわゆき」という文字を見たとき、理子の目から涙がこぼれた。あわゆきがこの世にいた証のように見えた。理子は納骨を内心少し迷っていたが、名刺を見て納める気持ちを固めたようだった。

広太は自分で考え、自分で活字をならべ、自分の小遣いでこれを刷った。そのことに驚き、心打たれた。

俺にはできないことをした。自分で考えてそれをした。

広太、お前はすごいよ。

そして、二巡目もワンダーランドだ、と思った。

立派だよ、と広太に言った。広太はなにを褒められたのかよくわからなかったようだが、それでも少しうれしそうだった。その横顔がずいぶん大人びて見え、知らないうちに成長していたんだな、と思った。


六年生になり、塾の授業も増えた。土日も塾通いだが、文句は言わなかった。休みの日には中学の説明会や文化祭の見学に行った。成績も少しずつ伸びはじめ、志望校もだんだん固まってきた。

第一志望の学校を見学に行った帰り、広太が突然、地元で働くのもいいような気がする、と言った。

——受験はじめる前にお父さん、言ってたでしょう？　将来なにをしたいか、って。いろいろ考えてたんだけどさ、地元で働くのもいいかな、って。

——地元って川越か？

——うん。川越、いまは観光とかさかんでしょう？　東京の大きな会社で働くのもいいけど、川越で、川越の人たちのために働くのもいいんじゃないかなあ、って。

その言葉にまた驚いていた。自分にはない発想だった。

うちの本家は富山にあり、生粋の川越っ子ではない。三男だった祖父がこちらに出てきて、子どもたちが川越近辺に住み着いただけ。でも、たまたま旧市街に近い場所に家を建てたから、広太は古くからの住民が多い小学校に通っている。

祖父も親父も会社員だったから、俺は地元の商人の子たちとあまり合わなかった。いっしょにいても、居心地が悪いような気がしていた。だが広太はそうじゃないみたいで、古い家によく遊びに行っている。

——地元の仕事ってどんな仕事？

——それはよくわからないけど。でも、三日月堂の仕事を見てたら、なんかそんな気持ちになった。

——三日月堂って、あの印刷所のことか？

——そう。

あわゆきの名刺の一件のあと、広太は学校の夏休みの自由研究のために、友だちを誘って三日月堂のワークショップに行ったりしていた。

——あそこはすごいんだよ。

——すごい？

理子から、三日月堂はむかしながらの活版だけの印刷所だと聞いていた。理子は広太といっしょにワークショップに行き、活版印刷を体験した。活字や古い印刷機があってすごい迫力だった、と言っていた。いまどきそんなところがあるのか、と信じられず、俺も一度くらいのぞいてみたいと思っていた。

——どうすごいんだ？

——なんていうのかなあ、世界の裏側にはいった感じ。

広太の言葉に驚いた。

世界の裏側……？

——それまで本や教科書がどうやって作られてるのか、考えたこともなかったんだ。パソコンみたいな機械を使って自動的に作られてるんだと思ってた。でも、むかしはあそこにあるみたいな活字をならべて作ってたんだ。本も、新聞もだよ。それで、わかった。世界のどんなものも、そうやってだれかが作ってるんだって。

驚きで言葉を失った。

俺と同じことを考えている。そう思ったとたん、今度は笑いそうになった。

そうか。そう思ったか。

むかしの工場だから、余計にそう感じたのかもしれない。活字を手に取り、ならべる。版にインキをつけて印刷する。なにが行われているのか、仕事の原理がよくわかる。

会社だってそうかもしれない。大会社はだれを相手に商売しているのか、自分が会社のなかでどんな役割を持っているのかが見えにくい。地元の商店なら、客の顔もものの流れもよくわかるだろう。

——お父さん、どうしたの？

——え？

——なんか、うれしそうな顔してる。

——そうか？　いや、広太もいろいろ考えてるんだなあ、と思って。

——あたりまえじゃないか。

——そうだよな。印刷所、いつか父さんもいっしょに行ってみたいよ。

そうだよ、広太、世界にはまだお前の知らない裏側の世界が大きく広がっているんだ。心のなかでそう思った。いつか広太もその世界にはいっていく。そのときのことを想像して、また少し笑いそうになった。

受験初日。午前中に第一志望、午後に滑り止めの学校を受けた。

――初日の午後は押さえの、絶対受かる学校を受けてください、第一志望がダメだったとき、ひとつ受かっていれば自信が出て次の日から持ち直せますから。

通っている塾の講師にそう言われたのだ。

だが、そんな簡単じゃなかった。午前中の試験と移動に疲れた広太は、午後の試験で大きなミスをしてしまったらしい。

午前に受けた第一志望の学校は明日にならないと結果が出ないが、午後の学校は当日の夜に結果が出る。学校の入試用のサイトで確認すると、不合格だった。

広太も理子も青ざめた。塾の講師の勧めにしたがって、ふだんの広太の成績よりだいぶ低い学校を選んだつもりだった。なのに落ちた。自信が出る、どころか逆効果だ。家じゅうにどんよりした空気が漂った。

「明日は会場についてくよ」

俺がそう言うと、広太がはっと目を見開いた。

一日目は午前の学校で家族面接があるから、理子がついて行った。その代わり、二日目は俺が有給を取っていた。面接はないから朝はひとりで行くが、第一志望が受かっていたら帰りにそのまま学校に行って手続きをすることになっていた。

「やっぱり俺も朝、いっしょに行く。それで待合室で試験が終わるのを待つよ。今日の結果は会場からでもネットで確認できるから」

「うん」

広太はうなずいた。ついてこなくても大丈夫、と言うかと思っていたが、やはり不安だったのだろう。

「じゃあ、寝よう。寝不足じゃ戦えないからな」

無理に笑って言うと、広太も理子も笑顔を作った。


翌日、第二志望の学校に向かい、校門で広太と別れた。試験会場に向かって歩いて行く広太のうしろ姿を見ながら、胸のなかでがんばれよ、とつぶやく。

保護者には待合室として講堂が用意されていた。うしろの方の椅子に座る。母親らしい女性が多かったが、男性もちらほら目についた。みな自分と同じ気持ちなのだろう、と思うと、なんだか胸が苦しくなる。

そういえば、俺の受験のときも、親父が門までついてきてくれたんだった。勤めがあるからそのまま会社に行ってしまったけれど。

アナウンスがはいり、注意事項の説明のあと、壇上に校長が立った。

「中学受験は保護者と子どもがいっしょにがんばる唯一の受験と言えるかもしれません」

あいさつのあと、校長はそう言った。

「小学校の受験は保護者主導、その後はひとりでがんばる割合が増えていきます。でも、中学受験はまさに保護者と子どもの共同作業だったのではないでしょうか。まだ試験の途中ではありますが、まずは準備の日々を子どもとともに乗り越え、この日を迎えられた皆さまに敬意を表します」

その言葉にこわばっていた身体がゆるみ、ほうっと息をつく。まわりの保護者たちも同じような顔をしているのがわかった。ここにいる人たちもみな同じように準備の日々を乗り越えてきたんだ、と思った。

保護者と子どもがいっしょにがんばる唯一の受験。そうかもしれない、と思った。小学校六年生。世界の裏側に気づく時期。あのころはお膳立てされたなかで生きていることが嫌で、干渉してくる親がわずらわしかった。

入試の朝、親父は校門まで歩く途中で、ここまでよくがんばったな、と言った。

——受験勉強で学んだ内容がそのまま社会で役立つことはないかもしれないが、ここまで自分でがんばってきたことはきっと誇りになる。

前を向いたまま、そう言った。誇りなんて持ってたってしょうがない。落ちたら終わりじゃないか、という言葉を呑みこんで、俺はただ黙々と歩いた。

そうだ。さっき、俺は広太に同じことを言いそうになった。口に出すのは踏みとどまったけれど、親に言えることなんてそれくらいしかないのだ。

一巡目も二巡目も、先は見えないし、思い通りにもならない。

息をつき、目を閉じた。背もたれに身体を預ける。そのとき、ポケットの携帯電話がふるえた。理子からのメッセージだ。

——そろそろ発表の時間だね。

ほんとうだ。昨日の第一志望の学校の合格発表の時間が近づいていた。理子はたぶん通勤時間。電車のなかで発表を待っているのだろう。

あと三分。もう一度深く息をつき、その時間を待った。

サイトにアクセスする。数字がならんでいた。

広太の番号は、あった。

――あった!!

即座に理子からメッセージが来た。

――よかったな。

受かったのか。ほっと力が抜けた。

いま試験会場にいる広太はこれを見ることができない。なんだかかわいそうな気がする。第一志望に受かったから、もう受けなくてもいいんだよ、と教えてやりたかった。

講堂を出て、外を歩く。

受かっていたと教えたら、広太はどんな顔をするだろう。よくわからない。うわーい、と飛びあがるだろうか。それともあのときの俺と同じようにただ呆然とするだろうか。

受験も終わったし、次の休みにディズニーランドに行こう、と誘ってみようか。行きたがるだろうか。それとも、俺には予想もつかないような反応をするだろうか。

目の前に校庭が広がっている。第一志望に合格したから、たとえここに受かったとしても、広太がここに通うことはないのだけれど。校庭のまわりの木々の、葉の落ちた枝を見あげる。

広太はこれからどんな人生を歩むのだろう。中学にあがり、高校にあがり、自分たちがいるのはまだ守られた世界なのだと気づき、いらだち、あらがい、やがて二巡目にはいっていくのだろう。そのとき、広太はどう感じるのだろうか。

辛いことも嫌なこともある。でもさ、二巡目もワンダーランドなんだよ。

だから、がんばれ。

ふうと白い息を吐き、青い空を見あげた。

庭の昼食

1

「ねえ、お母さん。やっぱり、大学って行かなくちゃいけないのかな」

夕食の片づけをしていると、楓《かえで》がぼそっとつぶやいた。

長男の保仁《やすひと》は関西勤務で家にいない。夫の正之《まさゆき》さんも今日は帰りが遅いので、夕食は楓とふたり。ふたりで作ってふたりで食べてふたりで片づけ。量も少ないから手はかからない。

「行かなくちゃいけない、っていうのはちがうでしょう？　自分のための勉強なのよ。親に言われて行くものじゃない」

春休みから何度も同じ質問をされ、何度も同じ答えを返してきた。高校はともかく大学となれば、自分の意思で行くものだ。行きたい、と願っても行けない子もいる。行きたくないなら行かなければいい、すぐ働けばいい、と答えたくなる。

「じゃあ、行かない、って言ったら？　お父さんは認めないでしょう？」

楓が言い返してくる。

「まあ、それはそうかもしれないけど……」

これもまた何度もくりかえしているやりとりだ。楓はこの春、高校三年になった。そろそろ志望校を決め、受験勉強も本格的にはじめなければならない。それまで塾に行っていなかった同級生たちも、春休みから予備校に通いだしているようだ。

「わたしは勉強するより、早く三日月堂で働きたいの。『雲日記』を作ってますますそう思うようになった。弓子さんを手伝いたい。フルタイムで働きたい、って」

楓の言葉にうまく答えられず、ぐっと黙った。

高校一年のときから、楓は川越にある三日月堂という印刷所でアルバイトしている。いまどきめずらしい活版印刷専門の印刷所で、わたしの大学時代のゼミ仲間カナコの娘、弓子さんが経営している。

三日月堂は、カナコの夫、修平《しゅうへい》さんの実家だ。カナコは弓子さんが三歳のときに亡くなり、弓子さんはしばらく三日月堂に預けられていた。その後は修平さんと暮らすようになったが、修平さんの死後三日月堂に戻り、印刷所を継いだらしい。

カナコの二十七回忌のとき、カナコのバンド仲間が三日月堂でカナコの短歌のカードを作った。そのカードがうちにも送られてきた。二十七回忌の集まりで三日月堂のことを知り、店の案内をもらった。

短歌のカードを見た楓が活版印刷に興味を持ち、三日月堂に活版体験をしに行った。趣味で書いていた絵を凸版のカードにしたところなかなかの出来で、活版関係のイベントで販売されることになり、楓もアルバイトするようになった。

三日月堂に行くようになってから楓は変わった。高校ではなにをするか目的を見出せず、学校にも馴染めずにいたのに、人生の目標が定まったようで、急にしっかりして意欲的になった。

とくに去年、三日月堂で『雲日記』という本の印刷がはじまってからは。『雲日記』は「浮草《うきくさ》」という川越の古書店の店主のエッセイを集めた本だ。余命わずかな店主の本を、大学時代の友人が本にまとめる。その印刷を三日月堂が請け負った。

小さな印刷所だから、通常の業務とともに本を印刷するのはたいへんなことだったようで、楓は自分からバイトの時間を増やし、積極的に店を手伝った。あとで弓子さんから、本ができたのは楓さんのおかげです、と感謝されたりもした。

いつも受け身だった楓の成長が信じられず、みるみる咲いていく花を見ているようで、うれしく誇らしい反面、さびしさも感じていた。

楓は三日月堂で働きたい、と言っている。楓の成長を見ていると、わたしもそれがよいように思う。正之さんも最初は心配そうだったが、いまはそのことには反対していない。だが、大学だけは行った方がいい、と言っている。

「お父さんも将来的に三日月堂で働くことには反対してないんだよ。けど、大卒の肩書きがあるとないとでは、社会に出てからの信用がちがうから。弓子さんだって、大学は行った方がいい、って言ってくれてるんでしょう？」

「それはそうだけど……」

楓は不満そうだ。大人のわたしたちからすると、たった四年なんだから資格を取るためと割り切って大学に行けばよいように思うが、楓からしたら、四年は長い、そんなに無駄にできない、と思うのだろう。

「だって、大学に行ってなにを学ぶの？　活版印刷を学べる大学もあるって聞いたけど、印刷のことは三日月堂で働きながら学んだ方がいいに決まってる」

高校の先生に相談したときに、美大で活版印刷を学べるところがある、と聞き、自分でも調べていたようだが、講義内容を見て、知っていることばかりだ、と思ったらしい。

「大学に行って世界を広げてから仕事を考える人たちもいると思うし、それはそれでわかるよ。けど、わたしは活版印刷を仕事にしたい、ってもう決めた。そのためにも三日月堂がなくなったら困るの。弓子さんを助けて、三日月堂を発展させたいんだよ」

返す言葉を失った。そこまで考えていたのか。

工芸品や古典芸能など伝統的な家業を継ぐ人たちは、若いころ、場合によっては子どものころから家の仕事に携わると聞く。大学に行かない人も多いだろう。最近は大学に行かずに起業する若者もいるらしい。

大学に行けるなら行った方がいい、その方が信頼される、などというのは、わたしたちの世代の固定観念にすぎないのかもしれない。

「そこまで考えが決まってるなら、わたしは高校を出て働くことに反対はしない」

「ほんと？」

楓の目が輝いた。

「ただ、お父さんは納得するかわからない。わたしからも話すけど、最後は自分で説得するしかないんだよ」

「うん」

楓はうなずく。

「それにね」

そこまで言って、言葉を止めた。

「なに？」

楓がじっとわたしの目を見る。なにを言いたかったのかわからなくなる。

心のどこかに違和感があった。大学に行くって、肩書きのためなんだろうか。社会的な信用のためなんだろうか。なにかちがう気がした。

「ううん、なんでもない」

違和感を言葉にできず、そう言って首を振った。


片づけを終えると楓は自分の部屋に戻り、わたしはリビングで読みかけの本を開いた。

──深沢《ふかざわ》先生のところで学べてよかった。一生の宝だよ。

本を読みはじめようとしたとき、ふいに耳奥でそんな言葉が響いた。長いこと忘れていたカナコの声だった。

カナコ。

カナコは成績優秀で、三年生までは軽音楽部でバンドを組んで、大学祭でライブも行っていた。歌姫と呼ばれた斉木《さいき》裕美《ひろみ》さんのいるグループだったから、大学では知らないものがないほどで、カナコにもたくさんファンがいたらしい。

三年になり、専門ゼミでいっしょになったのだが、カナコはゼミでも一目置かれていた。服装は地味でものしずかだが、発言は鋭く、指導教授の深沢先生の話を食い入るように聞いていた。

盛岡《もりおか》出身らしく、同じ岩手《いわて》県生まれの宮沢賢治を卒論に選んだ。深沢先生に熱心に質問し、よく遅くまで図書館で調べ物をしていた。

あるとき帰りがいっしょになって、わたしはカナコになぜそんなに一生懸命勉強できるの、と訊いた。

——だって、勉強できるのって学生のあいだだけでしょう?

カナコはこともなげにそう答えた。

——勉強、好きなんだね。わたしは、進学するとき父に言われたよ。大学は勉強しに行くところじゃない、って。

——え? じゃあ、なにを……?

カナコがきょとんとわたしを見る。

——授業には期待するな、大学は自由な時間を得るために行くところだ、って。授業に出るばかりが学生生活じゃない。大学の外に出ていろいろ体験して、自分の力でなにができるかつかめ、って。

あのころは世の中全般にそういう風潮だったのだ。まわりの学生たちもそうだった。授業をさぼって麻雀《マージャン》に励んだり、バイクで旅をしたり、バックパッカーとして海外をさまよったり。男子学生のなかにはそういう武勇伝のある人もいた。

女子学生たちは、雑誌の読者モデルを目指しておしゃれしたり、ディスコに踊りに行ったりするのが流行りだった。わたしにはそういう度胸はなく、テニスサークルにはいったり、女子学生同士で昼の街でショッピングするのがせいぜいだったが。

――そうか。そういう考え方もあるかもね。

カナコは微笑んだ。

――でも、わたしは深沢先生の話はすごいと思うんだ。小説にこんな深い意味や広がりがあるなんて、ひとりで読んでいたときは気づかなかった。

カナコは前を向いたまま言った。

――深沢先生の授業を聞いていると、世界には自分が知らないことがたくさんあるんだな、って思う。そのたびに感動する。もっと聞きたいって思う。

そのしずかな声に、胸がずきんとした。

わたしは授業をそんなふうに聞いたことがなかった。それまで一度も。単位のために出席し、レポートを作成した。就職活動のことばかり考え、卒論は後期になってから取り組めばいい、と思っていた。

だが、それからわたしも深沢先生の授業に耳を傾けるようになった。課題の本を読みこみ、先生の話を聞いてみると、それまで見えなかったものが見えるようになってきた。これまでの三年間、なにをしていたんだろう、と歯噛みした。

カナコの卒論はすばらしい出来で、深沢先生もいたく感心していた。大学院に進むことを勧められていたようだが、カナコは教職を選んだ。家と折り合いが悪いらしく、それまでもバイトで生活費を稼ぐ苦学生で、大学院に行く余裕などない、と言っていた。

学業にバイトにバンド。きっと眠る時間すら惜しんでいたにちがいない。わたしの二倍も三倍も濃い時間を送っていた。

大学に行くのは経歴のため、社会的な信用のため。正之さんはそう言うけれど、授業中のカナコの真剣な目を思い出し、大学はああいう人のためにある場所だと思った。

——深沢先生のところで学べてよかった。一生の宝だよ。

カナコは卒業式のあとそう言った。研究者にならないなら、真剣に学んでなにになる、と言う人もいるけれど。

カナコの影響で、わたしも少しだけ真面目に卒論に取り組んだ。書きあげたときの充足感をいまも忘れられない。口頭試問で、よくがんばりましたね、と深沢先生に言われて、思わず涙が出た。

一生の宝。わたしにとってもあの経験は一生の宝だ。研究者にはならなかったけれど、その後の人生の礎になっている。

さっき楓にそのことを伝えたかったのだ、と気づいた。

2

翌日、正之さんと楓が出かけてから、車で義母の家に向かった。うちは足立《あだち》区の綾瀬《あやせ》、義母の家は墨田《すみだ》区の向島百花園《むこうじまひゃっかえん》の近く。区はちがうが、車で行けば十五分くらいだ。

四年前に義父が亡くなり、向島の家は義母のひとり住まいとなった。それでは心配だから、と千葉に住む義兄が一年前に義母を引き取り、以来向島の家は空き家になっている。

正之さんは男ばかりの三人兄弟の末っ子で、向島の家にはうちがいちばん近い。

空き家とわかるとなにかと物騒ということもあり、週に何度かわたしが向島の家に行き、窓を開けて風を通したり、庭木に水をやったりしていた。

昨日、夜遅く帰ってきた正之さんから、ついに家を売ることになった、と聞いた。ずいぶん前からいちばん上の義兄が不動産屋をいろいろあたり、交渉していたらしい。家のなかのものもほぼ片づき、義母の承諾も得たという。

まずは古家つきで買ってくれる人を探し、見つからなければ別の業者にまかせて更地にする、と言っていた。

あの家がなくなる。いつかはそうなるとわかっていたはずなのに、少し動揺した。

——あの家、なくなっちゃうのか。

呆然とつぶやくと、正之さんは少し驚いた顔になった。

——なんでお前がショックを受けるんだ？　あの家がなくなれば、もう水やりに行かなくてもいいんだぞ。去年の夏、草むしりが大変だって言ってたじゃないか。

たしかにその通りだ。木の多いあの庭の手入れはなかなかたいへんで、それほど広くないのに水やりだけで小一時間かかる。草むしりとなれば丸一日。夏は蚊も出るし、落ちてきた毛虫でかぶれたこともあった。

——窓を開けに行くのだってたいへんだろう？　その手間がなくなるんだよ。

正之さんが笑った。

――でも、いいの？　みんなあの家がなくなっちゃっても……。

――まあ、あの家で育ったからなあ。思い入れはあるよ。けど、そんなこと言ってたら、なにも前に進まないだろう？

――それはそうだけど……。

――兄弟で何度も話し合ったんだ。だれかあの家に住む人がいないかも考えた。でも、いないんだよ。みんなそれぞれ家があるし、家族もその家を中心に生活している。あの家に越すってことは、いまの家を手放すってことだろう？

――そうね。

たしかに、わたしだっていまのこの家を手放すことは考えられない。

――だから、仕方がないんだよ。仕方がないことってあると思うんだ。生きていればね。母さんもそう言ってる。思い出は心のなかにあるから大丈夫だって。強いからね、あの人は。

正之さんの言葉に少し黙った。家がなくなるのに抵抗を感じたのは、義母のことを考えたから。義母が亡くなるまでとっておいてあげても、と思ったのだ。

――あの庭はおじいちゃんがおばあちゃんのために作ったものだったんだよ。

いつだったか、楓がそう言っていたのを思い出した。おばあちゃんの好きな万葉《まんよう》集《しゅう》に出てくる草木ばかりで作られた庭なのだ、と。たぶん、正之さんも夫の兄弟たちもそのことを知らない。義母は楓に、そのことは秘密にしてくれ、と言っていたらしいから。

義母にその話を聞いてから、楓は三日月堂で「庭のカード」を作り続けている。義母の家の庭の植物をスケッチし、線画を凸版にして多色刷りする。義母から教わった植物の古名を添えて。活版印刷関係のイベントでは、そのカードを三日月堂の商品として販売している。

いつか庭の植物を全部カードにして、アルバムを作っておばあちゃんに渡したい。楓はそう言っていた。

あの家がなくなると聞いたら。家も庭も壊して更地になると聞いたら。楓もショックを受けるだろう。だから今朝、登校前の楓にそのことは言えなかった。

信号で車を止める。この先の角を曲がればあの家だ。

ああ、だけど、きっとそれだけじゃないな。大きく息をつく。

義父が亡くなってから、何度もあの家を訪れた。むかしは苦手だった義母がどんどん小さくなっていくのを見ながら、そんなに悪い人じゃなかったんだ、と思うようになった。

義兄の家に引き取られてから、水やりと窓開けに通うわたしに、義母は賃金を払ってくれた。そんなのいりません、と言ったが、受け取ってくれないと困る、と言い張った。

——善意でやってくれてるのは知ってるよ。でも、あの人は遺産を狙ってる、とか陰口を言われたら嫌だろう？　賃金を払ってるんだ、って言えば、みんな仕事だと思って納得するから。

だれもいない場所でそう言った。

——って言っても、遺産なんてほとんどないけどね。それに、夫が遺したものだから、ちゃんと兄弟で等分するって決めてる。でもね、けじめだから。

そう言って笑った。なぜか胸がいっぱいになった。ずっと怖いと思って接してきた自分が恥ずかしくなった。

義母の家に着き、窓を開け放つ。古いカーテンが風に揺れた。

家具も調度品もみんなで分けて持ち帰ったので、家のなかはがらんとしている。

——あの家はなあ。みんな面倒臭いからなあ。

むかしのことを思い出す。保仁は中学くらいになると、正月の親戚の集まりに顔を出すのを嫌がるようになった。楓も口には出さないが、集まりのあとはいつも頭が痛くなる、と言っていた。

正之さんのふたりの兄は体育会系で押しが強く、いとこたちはみな優秀で、自己主張も強かった。楓は引っ込み思案だし、保仁は外では積極的に行動しているようだが、競って自己主張をするのは馬鹿げている、と考えるタイプだった。

だからふたりとも向島の家ではあまりうまく立ちまわれず、正之さんから、ふたりともお前に似たんだなあ、と言われたりした。

義兄はふたりとも晩婚だが、奥さんたちは若い。うちは夫と同じ年だから、義姉はふたりともわたしより年下だ。一年に一度しか顔を合わせないからかもしれないが、いつもきれいにメイクして髪を巻き、ブランド物のアクセサリーをつけ、高いヒールの靴とよそゆきの服でやってくる。

わたしはしょっちゅう来ているし、正月も手伝いに立つことが多いので、結局少しかしこまったブラウスとスカートみたいな服装になる。アクセサリーや高いヒールの靴はそもそも持っていない。だからなんとなく居心地が悪いというか、馴染めない雰囲気はあった。

わたしはできるだけみんながいるリビングから逃れて、キッチンで用事をしていた。楓は庭をぶらぶらしたり、キッチンにいるわたしの様子を見に来たり。ふたりとも口にはしないが、あの場が苦手だった。

義父が亡くなり、あの正月の集まりもなくなった。

でも。義父がいたころから、ふだんここを訪れるときにはあんな息苦しさはなかった気がする。義父はひとり黙々と庭の手入れをしていることが多かった。庭で採れた柿やザクロもよくもらった。

縁側で義母の愚痴をよく聞いた。男三人を育てるのがいかにたいへんで虚《むな》しいことか。義母は冗談交じりに苦労話をした。

千葉の義兄の家に引き取られていってから、義母とほとんど会っていない。なんでも遠慮なく言うからずっと鬱陶《うっとう》しいと思っていたけれど、会えなくなってみると少しさびしかった。

外に出て、庭にゆっくり水やりをした。楓のカードで見た植物がいくつもならんでいる。萩《はぎ》に馬酔木《あせび》、梓《あずさ》、柘植《つげ》、棗《なつめ》。門の近くには笹も揺れている。全部万葉集に出てくる植物。いまはまだそれほどでもないが、五月を過ぎれば鬱蒼《うっそう》としてくる。

あの木陰がなくなるのか。

自分の庭じゃない。ここで育ったわけでもない。なのになぜこんなにさびしいのだろう。

水やりをする義父のうしろ姿を思い出し、木々を見あげた。


夕方、買い物をして家に戻った。今日は楓は三日月堂でバイト、正之さんは今日も遅いから夕食はいらないと言っていた。今晩は向島の家のことを楓に話さなければならない。どう切り出したらいいのか、気が重かった。

ふたり分の夕食の準備をしていると、楓が帰ってきた。

「お母さん、聞いて」

玄関からはいってくるなり、楓が勢いこんで言った。

「どうしたの？」

「あのね、カナコさんの短歌を本にすることになりそうなんだ」

「ほんと？」

前々から、本になったらいいね、とは話していたが、ついに実現するのか。

「短歌のカードを作った聡子《さとこ》さんと裕美さんが、どうしても歌集にしたいって。二十七回忌に集まった人に声をかけて、制作費を集めようってことになったみたい」

「もしかして、印刷も三日月堂で?」

「うん」

「すごい。よかったわねえ。制作費を集めるんだったら、わたしも出すよ」

カナコの歌集。心が浮き立ってくる。できることがあるなら手伝いたかった。

「まだ細かいことは決まってないけど、みんなから制作費を集めて、岩倉《いわくら》さんの会社から出すんだって。だから、少部数だけど書店で買えるようになるんだよ」

楓も興奮した口調で話している。

「けど、そしたらまた忙しくなるってこと?」

この前の『雲日記』のときはたいへんだった。楓も毎日三日月堂に通って……。大学進学のこと、正之さんはまだ納得していないし、楓が受験するとなったらどうしたらいいんだろう。少し不安になる。

「まあね。でも歌集だから文字数は少ないし、『雲日記』のときほどたいへんじゃないと思う。歌も厳選するって。それにいまは悠生《ゆうき》さんもいるし、ワークショップは浮草の安西《あんざい》さんと豊島《とよしま》さんにまかせられるし。あ、とりあえず着替えてくるね」

そう言うと、楓は二階にあがっていった。

「カナコの歌集、さっき歌は厳選する、って言ってたけど、どうやって選ぶの？」

夕食の席で訊くと、楓は、うーん、と首をひねった。

「そこが問題みたいなんだよね。聡子さんは校閲《こうえつ》の仕事をしてるけど、短歌にくわしいわけじゃないし、岩倉さんも短歌のことはよくわからない、って。遺族として弓子さんが選ぶっていう案も出たけど、弓子さん自身はそれでいいのか迷ってて……。そもそも歌集に入れる歌って、みんなどうやって選んでるのかな」

「たいてい自分で選ぶみたいだけど……。でも、結社にはいっている人は、先生にも相談するんじゃないかな。どの歌を入れるかだけじゃなくて、推敲とか、ならべる順番とかもね」

「結社？」

「短歌や俳句だと、そういうのがあるのよ。高名な歌人や俳人がグループを作って、集会をしたり、結社の雑誌で歌や句を選んだりするんだって。でも、カナコは結社にははいってなかったみたいだし……」

そこまで言って、深沢先生の顔が浮かんだ。

「ああ、深沢先生だったら……」

「深沢先生？」

楓が訊いてくる。

「わたしたちのゼミの先生。カナコもわたしも卒論は深沢先生の指導で書いたの」

「へえ、そうなんだ」

そう言って目を丸くする。

「そうか、お母さんにも大学生のころがあったんだね」

「あったわよ。最初から楓の母親だったわけじゃないのよ」

「いや、それはわかってるつもりだったんだけど……。ただ、あんまり想像できなかっただけ」

楓が笑った。

「失礼ねえ」

わたしも笑った。

「わたしたちのゼミは近代文学ゼミって言って、明治から昭和の戦前までの文学作品を扱っていたのね。カナコの卒論は宮沢賢治だった」

「お母さんは？」

「わたしは萩原朔太郎《はぎわらさくたろう》」

「詩人の？　そうだったんだ。知らなかった」

楓はぽかんとする。

「朔太郎は最初、短歌も作ってたのよ。深沢先生は詩歌にもあかるいし、カナコの短歌のことも知っているみたいだった」

「そうなの？」

「二十七回忌のときは体調が悪くて来られなかったんだけど、この前ゼミの同窓会で会ったときはお元気そうだったし、深沢先生だったら歌集のことについても意見を出してくれるかも」

「ほんと？　じゃあ、今度聡子さんたちが来るとき、お母さんも三日月堂に来て」

「え……。でも、行っても大丈夫かな？　聡子さんや裕美さんとはゼミもちがうし、大学時代もあまり接点がなかったから」

聡子さんとは授業で何度か顔を合わせたことがあるけれど、裕美さんはまったくない。大学では歌姫と呼ばれる女王さま的存在だったし、二十七回忌のときもむかしと変わらず細くてきれいで、近寄りがたい感じだった。

「それは大丈夫だよ。むしろ短歌について意見がほしいみたいだったから、来てくれたら喜ぶと思う」

「わかった」

少し不安だったがうなずいた。カナコの歌集のためなのだ。できることはしたい。

「よかった。じゃあ、明日弓子さんに言っとくね」

楓はうれしそうに言って、そら豆をつまんだ。

「ねえ、楓」

カナコの歌集の話に夢中になっていたが、向島の家のことも話さなければ。そう思って切り出した。

「なに?」

そら豆を食べながら、わたしを見る。

「向島のおばあちゃんちね、売りに出すことになったんだって」

「え?」

楓の表情が変わる。

「いつ?」

「もうすぐ。不動産屋さんも決まったんだって。最初は家のある状態のまま売りに出して、買い手がつかなかったら別の業者にまかせて更地にするみたい」

「更地……? じゃあ、庭は?」

「そのときは、全部なくなるわよね」

「木も?」

楓に言われ、うなずく。

「いつかはなくなるって思ってたけど……」

楓は箸を置き、うなだれる。

「仕方、ないんだよね」

顔をあげて言った。

「そうだね。もう決まったことだし、おばあちゃんも納得してるみたい」

「そうか」

楓は目を閉じた。大きく息をつき、目を開く。

「じゃあ、急がないと」

意を決したような顔になる。

「急ぐ?」

「庭のアルバムだよ。高一のときから少しずつ作って、ようやく十二種類までできたんだ。おばあちゃんからのリクエストを完成させるには、あと四種類。全部スケッチは終わってるから、あとは線画にして刷るだけ」

「そうなの」

そんなにできていたのか。

楓、変わったな。

高校の勉強はそれほど甘くない。日々の予習復習だけでかなりの時間を取る。さらに三日月堂のアルバイトではちゃんと店の仕事をこなしているようだ。『雲日記』の印刷のときには、小さなものの印刷はかなりまかされていた、と聞いた。

休日といえば家でごろごろしているだけだった中学時代とは別人のようだ。前にそう言ったら、あのときは成長期でしんどかったんだよ、と笑っていた。

カードの創作をする時間を作るのは至難の業だったろう。スケッチブックに向かって集中している姿を何度も見かけた。あのころのカナコと同じ。高校、大学時代、わたしはあんなふうになにかに打ちこんだことがあっただろうか。

「あんまり無理しちゃダメだよ」

「うん。でも、庭がなくなる前におばあちゃんに渡したいから」

楓は立ちあがり、食器を流しに運ぶ。

楓は遅くできた子だ。長男の保仁とは七つ離れている。女の子ということもあって、保仁のときとは別のかわいさがあった。

幼稚園に通っていたころ、いっしょに道を歩きながら、ずいぶん背が伸びたね、と言ったことがある。

——そうだよ。そのうちお兄ちゃんよりお母さんより大きくなるよ。

楓は笑って言った。

——お兄ちゃんより？

そのころは保仁もまだ小学生で、成長期前だった。

——けど、お兄ちゃんも大きくなると思うよ。

——そうか。そしたら、追いつかないかなあ。お母さんはもう大きくならない？

——ならない。だから、お母さんは越せるよ、きっと。

——そっか。

楓は妙に納得したようにうなずいた。

——ああ、でも、楓がお母さんより大きくなっちゃったら、お母さんはちょっとさびしいかもなあ。

遠くの空を見ながら言った。

——どうして？

楓がわたしを見あげる。

——だって、そしたらもう楓にはお母さん、必要ないでしょ？

――そんなこと、ないよ。

楓は目を丸くした。

――大きくなったら、ごはんだって自分で作れるし、朝も自分で起きられるようになる。なんだって自分でできるようになる。

――そうか……。

楓は道を見おろしながらつぶやいた。

――でも、大丈夫。安心して。

くりくりした目でわたしの顔を見る。

――どうして？

――だってまだまだずいぶんあるもん。ちょっとずつしか大きくならないから。

楓はそう言うとスキップした。

あれから何年経っただろう。小学生のころはあの道を通るたびに、楓の言葉を思い出し、まだまだ時間がかかるなあ、と思った。ゆっくりでいい。できるだけゆっくりがいい、と思った。

だけどいつのまにか、楓はわたしより大きくなった。

やっぱり大きくなるんだな。

さびしさはある。だが悲しくはない。むかしはさびしいと悲しいは似たものと思っていた。さびしいときはたいてい悲しかった。だがこれは満ち足りたさびしさだ。あかるい日なたのようなさびしさ。

カナコは、こういう気持ちを味わうこともできなかったんだな。

楓の洗った食器を拭きながら、さっきとはちがうひんやりしたさびしさが胸に湧いてきた。

楓がわたしの話を弓子さんにメールで送ったところ、聡子さん、裕美さんにも話が伝わった。三人とも、深沢先生に助言いただけるならぜひうかがいたい、と言う。聡子さんたちも大学時代に授業を受けたことがあるようで、あの深沢先生なら、と書かれていた。

それで思い切って、深沢先生に連絡してみることにした。同窓会でもらった名刺のアドレスを打ちこむ。深沢先生にメールを出すのははじめてで、先生はメールなんてするのかな、と半信半疑だった。

だが、返事は一日で来た。カナコさんの歌集を編むなら、ぜひ協力したい、と書かれていた。前に本人から見せてもらった歌も、二十七回忌のカードの歌もよかった。声をかけてくれてありがとう、と。

それで、深沢先生といっしょに三日月堂に行くことになった。

3

日曜日、楓といっしょに川越に向かった。駅で深沢先生と待ち合わせし、タクシーに乗る。深沢先生はお元気で、もう八十近いのよ、と笑っていたが、とてもそんなふうには見えなかった。

いままで何度か楓の様子を見に三日月堂にやってきたが、はじめて扉を開けたときの感覚は忘れられない。壁一面の棚。ぎっしり詰まった活字。大きな古い機械とインキの匂い。迎えてくれた弓子さんがカナコとよく似ていて驚いた。

「いまでもこういう印刷所があるのねえ」

深沢先生は、ふふふ、とふっくらした声で笑い、まぶしそうに建物を見あげた。

楓が扉を開ける。深沢先生が、わあ、ほんとにすごいわあ、と声をあげる。

「こんにちは」

声のした方を見て、深沢先生が息を呑むのがわかった。

「今日は遠くまでありがとうございます。カナコの娘の月野《つきの》弓子です」

「あなたが……弓子さん」

深沢先生の目にみるみる涙がたまった。弓子さんの前に歩み寄り、ふっくらした両方の手で弓子さんの手を包んだ。

「カナコさんかと思いましたよ。ほんとうによく似てる」

深沢先生がにっこり微笑んだ。

作業中の悠生さんにあいさつして、二階への階段をのぼる。聡子さんと裕美さんももう来ていて、二階の応接スペースにいるらしい。

深沢先生のペースに合わせ、急な階段をゆっくりあがった。二階には大きなテーブルが置かれていて、聡子さんたちが座っていた。

「深沢先生」

先生の姿を認めると、聡子さんと裕美さんが立ちあがった。

「今日は遠いところ、ありがとうございました」

聡子さんがそう言って、ふたりそろって頭をさげる。

裕美さんはあいかわらず細くうつくしい。背筋がぴんと伸びて、そこにいるだけで場がはなやぐようだった。聡子さんも大学時代と変わらないかわいらしさで、表情がさらに柔和になったように見えた。

「あらあら、聡子さんと裕美さんね。覚えてますよ。聡子さんのレポートはとても素晴らしかったし、裕美さんは……」

先生が裕美さんを見て、にこっと笑う。

「出席数、ぎりぎりでしたね」

「すみません」

裕美さんが困ったように頭をさげる。聡子さんと弓子さんがくすっと笑い、わたしもつられて少し笑ってしまった。

「でもね、大学祭であなたの歌声を聞いて、わたし、すっかりファンになっちゃったの。あんなふうに歌えるのは、きっと心が澄んでいるからなんだな、って」

深沢先生の声を聞いていると、学生時代に戻ったような気持ちになった。

弓子さんに言われ、楓がお茶を淹れている。あんなこともできるようになったのか、と少し不思議な気持ちになる。

「二十七回忌も、開いてくれてありがとうね。あのときは体調を崩してしまって行けなかったけど、カナコさんの短歌を覚えている人がいて、とてもとてもうれしかったの。あなたたちにはずっとそれを伝えたかった」

先生のきらきら光る細い目が、聡子さんと裕美さんを見た。

楓がお茶を運んできて、深沢先生とわたしの前に置く。

「カナコさんが短歌を書いていたのは、わたしも知ってました」

お茶を一口飲み、先生は聡子さんたちの方を見る。

「在学中から、ときどき話を聞いてた。けどね、カナコさん、わたしには作品を見せてくれなかったの。まだお見せできるようなものじゃないですから、納得のいくものが書けたら、必ずお見せしますから、って」

「そうだったんですか」

聡子さんが驚いたように言った。

「そんなこと言ってたら、一生だれにも見せられないわよ、ってちょっと脅かしてみたんだけど、全然ダメで。でも、聡子さんには見せていたんですね。カナコさん、いいお友だちがいて、よかったわ」

先生はじっと目を閉じた。

「たとえ才能があっても、まわりに読んでくれる人がいなかったら、書き続けるのはむずかしい。でも、カナコさんには聡子さんがいた。それはカナコさんにとって、とてもしあわせなことだったと思う」

「そうでしょうか。わたしはなにもできなくて……」

聡子さんが言うと、先生は大きく首を横に振った。

「そんなことないわ。魂が響き合うような時間があったんだもの。それに、こうやってずっと経ってから思い返してもらったんだから。ほんとうに言葉って不思議よね。種のように長いあいだ眠っていても、人の心に落ちればまた芽を出す」

深沢先生はカバンを開け、カナコの短歌のカードを出した。

「この歌もね、とってもよかった。聡子さんと裕美さんと弓子さん、三人で選んだんですってね。カナコさん、よかったわね。弓子さんにちゃんと声が届いて」

弓子さんをじっと見る。弓子さんは黙ってうなずいた。

「実はね。カナコさん、在学中には見せてくれなかったのに、一度だけ短歌を送ってきてくれたことがあるの」

先生は、短歌のカードとともに古い封筒を手にしていた。

「これを受け取ったのは、カナコさんが亡くなる前日だった」

「えっ」

聡子さんが目を見開く。

「前日？　でも、カナコさんは亡くなる一週間前からもう意識がなくて……」

「ええ。手紙が届いたのはもっと前だったの。でも、わたしはそのときちょうど出張に出ていた。地方の大学の集中講義に呼ばれてね。夜遅く帰ってきたら、たまっていた郵便物のなかにこの手紙があった」

先生は封筒に目を落とした。

「病気とは聞いていたけど、そこまで悪くなっているとは知らなくて。でも、封筒の筆跡を見て、ただごとじゃないってわかった」

封筒に書かれた文字は、力なくふるえていた。学生時代のカナコの筆跡とはまるでちがう。線があらぬ場所で曲がり、歪み、途中で切れているところもある。

「それであわてて手紙を開いたの。なかには短歌が二首書かれていた。そして、やっとお送りできる短歌ができました、って」

深沢先生は目を伏せる。涙がほろっとこぼれ落ちた。

やわらかな弓子を抱いていたいよずっと星になっても闇になっても
ねえ弓子泣いちゃダメだよいまここにあるものみんななくならないよ

便箋ではなく、レポート用紙のような紙だった。筆跡は薄く、頼りない。細かい字が書けなかったのだろう。大きめの文字で短歌が二首ならんでいた。

「結局ねえ、カナコさんがほんとに大事にした歌には、両方弓子さんの名前がはいっていた。それだけ弓子さんのことを大事にしていたってことよね」

先生がそう言うと、弓子さんは顔を伏せた。

「この歌、わたしもよく覚えています」

聡子さんがつぶやいた。

「たしか、亡くなる一ヶ月くらい前に書いたものでした」

「そうだったのね」

先生はそう言って、紙をめくった。


深沢先生、結局、自慢できるような歌はできませんでした。でも、このふたつは、はじめてこの世に残したい、と思った歌です。うまくもないし、歌になっていないかもしれませんが、先生にどうしてもお送りしたくて筆を取りました。

ときどき「銀河鉄道の夜」のことを思い出します。「ほんとうのさいわい」がなんなのかわからない。それればかり先生に質問していましたが、大事なのは正解を探すことではなかったのですね。

みんなでほんとうのさいわいを探しに行くこと、探しに行こうと心を決めることが大事だったのですね。そしてジョバンニは、死んだカムパネルラにもその言葉を投げた。

死んでもいっしょなのだ、と。みんなといっしょにさいわいを探しに行こう、と。だからわたしは死ぬことをおそれずにいようと思います。修平さんと弓子とともに歩んで、さいわいを探せるように、と思います。

そのように思いいたることができたのは、先生のおかげです。文学のおかげです。先生に指導していただいたこと、一生の宝です。ありがとうございました。

ふるえる字でそう書かれていた。聡子さんが泣いているのがわかった。

「これを読んだとき、すぐに行かなくちゃ、カナコさんのところに行かなくちゃ、と思った。でももう電車もない時間だった。だから、明日の朝いちばんに病院に行こう、と決めて床についた。でも全然眠れなかったの。出張で疲れているはずなのに、心が騒いで」

先生は便箋を見つめた。

「空があかるくなってきて、いてもたってもいられなくなって、身支度してたところに電話が鳴った。嫌な予感がした。こんなに朝早くに電話が来るなんて、って」

「わたしがかけた電話ですね」

聡子さんが言った。

「大学関係ではまず深沢先生と、軽音楽部の同期の代表にかけましたから」

「そう。あれは聡子さんだったのね」

先生はぽつりと言った。

「ほんとうに、悔やんで悔やんで……。昨日の夜、すぐにタクシーで行けばよかった。そうしたら亡くなる前に一目会えたかもしれない。もしかしたら、死ぬ前にわたしを呼びたくて手紙を出したのかもしれない。なんでこんなときに出張に出ていたのか、って」

先生の目から涙がこぼれた。

「いい歌だって伝えたかった。あれはカナコさんの魂そのものだって思った。それを言いたかった。わたしにできることはそれくらいしかなかったのに……」

先生が自分を責める必要はない。そう思ったけれど、とても言えなかった。先生だってきっとそんなことはわかっている。

「ずっと後悔していたの。でも、この前あのカードが送られてきたとき、少しほっじんとした。カナコさんの歌集をどういう形にしようか、って話になったとき、深沢先生もお母さんたちも、みんな意見を持ってた。だけど、わたしにはなにも言えないな、って。わからないことだらけなんだもん」

楓は少し困ったように笑った。

「わたし、まだまだ知らないことばっかりなんだな、って思った。これじゃ、一生弓子さんに教えてもらうだけになっちゃう。教えられたことを覚えて、できるようになる自信はあったんだ。けど、きっとそれだけじゃダメなんだ、って思った」

「そうか」

わたしも前を見たままうなずく。

「知らないことがたくさんある。そうだよね」

夕日が道を照らし、電柱の影が長く伸びた。

「わたしが大学で学んだいちばん大きなことはそれだったかもしれない。世界には自分が知らないことがたくさんある、ってこと」

世界は広い。世界は深い。わたしが思っているよりずっと。

「そうなんだ」

楓がこっちを見た。

「だから役に立つためにちゃんと勉強しようと思った。三日月堂には行き続けるけどね。でも受験勉強はじめるよ。お母さんたちみたいに文学を勉強してみたい」

「そうなの？」

「うん。おばあちゃんと話したときからずっと思ってたんだ。言葉ってすごいなあ、って。今回もまた思った。それに、印刷に言葉は欠かせないから」

楓がにっこり笑う。

そうか。夕日を浴びた楓が大人びて見える。

——でも、大丈夫。安心して。

小さなころの楓のくりくりした目を思い出す。

——だってまだまだずいぶんあるもん。ちょっとずつしか大きくならないから。

いまはもうわたしより背が高い。

楓が走り出し、スキップする。

ちょっとずつ。ちょっとずつ。過ぎてしまうと早いけど。

わたしもまだ少し、大きくなれるかな。ぐんぐん伸びる楓みたいなわけにはいかないだろうけど。ちょっとずつなら。

楓を追いかけ、風を切ってスキップした。

水のなかの雲

1

晴れた空の下、川越の一番街を歩いている。

その日は仕事のことで相談があり、三日月堂に行くことになっていた。小穂も別に頼みたいことがあるらしく、一番街で待ち合わせをして、ランチを取ってから三日月堂に行こう、ということになった。

ちょっと来なかったあいだに知らない店がいくつかできていた。以前よりさらに観光客が増えたみたいだ。着物レンタルのお店も増えているようで、正月でもないのに着物姿で写真を撮り合う人々があちこちにいて、はなやいでいる。

この道を歩くのはいったい何度目だろう。最初に訪れたのは、友人・宮田《みやた》と雪乃《ゆきの》さんの結婚式の準備のときだった。東京からこんな近いところで観光気分が楽しめるなんて、と感激したものだったが、ここ数年でさらに発展している。

あのときは宮田から招待状のデザインを頼まれたのだ。雪乃さんは僕にとってゼミの同期でもあったし、親友の頼みとあって、すぐに引き受けた。

はじめはふつうに招待状をデザインするという話だった。ところが途中で、雪乃さんの家に伝わる古い活字を使いたい、という話が出た。当時川越の観光案内所でバイトしていた後輩の大西の伝手もあり、一番街の近くにある三日月堂に行くことになったのだ。

はじめて三日月堂にはいったとき、僕は活字の棚にやられた。四方の壁一面にぎっしり活字がならんでいる。細かい文字、しかも金属のボディを持った文字に埋め尽くされた壁が目の前にそびえ立っていた。

これが活字というものなのか。気持ちがかっと高揚し、心拍数があがるのがわかった。すごい。これはすごいぞ。人はこんなものを使って印刷を行ってきたのか。もちろん知識としては知っていた。活字の棚や活版印刷の機械の写真くらいは見たことがある。だが実物は全然ちがう。物量感に圧倒された。

その後の弓子さんの説明がまた衝撃だった。文字だけではない、罫線にもちゃんと罫線の実体があった。それどころか、なにもないところにも空白を組まなければならないのだ。行間にはインテル、文字と文字のあいだをあけるときには二分アキ、四分アキなど。紙面全部に金属や木の込めものが詰まっている。

僕は日ごろデザインの仕事をしている。文字を組むのもすべてコンピュータで行う。フォント、サイズ、字間、行間、ＤＴＰソフトで数値を変えれば一瞬で文字の形も大きさも変わる。キーやマウスでそれを調節し、ディスプレイというガラス越しにそれを見ながら作業する。

だが本来はこういうものなのだ。ひとつひとつ形と大きさを持った活字をならべて文書を作る。文字を一サイズ大きくするためには、ならべた活字を取り外し、別の活字に入れ替え、組み直さなければならない。

文字、罫線、アキ。日ごろデータとして扱っているものがすべて物質として目の前にある。こうして物質を動かし、ならべ、そこにインキをつけ、紙に押しつける。印刷という行為の本質が目の前にはっきり見えた。

いつも使っているDTPソフトの内部の世界にはいりこんでしまったみたいだった。目の前にはデータがものとして存在していて、手で動かすことができる。活字を組む弓子さんを見ていると、無性に自分でやってみたくなった。

雪乃さんの実家に伝わる活字はひらがな一セットのみだった。漢字は、弓子さんが似た雰囲気の活字を探してきてくれたが、ひらがなはどの文字も文中に一度しか使えない。位置を合わせて二度重ねて刷るという方法もあるが、宮田と雪乃さんはその条件で招待状の文章を作りあげた。

僕も弓子さんに手伝ってもらいながら、人生ではじめて活字を組んだ。

コンピュータにくらべると文字組に自由がない。DTPならどんな大きさの文字でも作れるし、自由に変形させることもできる。字間、行間のアキも自由自在だ。だが活字の場合は、物質として存在している活字、アキしかない。それが逆に新鮮だった。文字を絶対に変形できない物質と感じたのははじめてのことだった。

以来、僕はすっかり活版印刷にはまってしまった。弓子さんは、事前に相談すれば印刷所の機械を貸してくれたし、組版も教えてくれた。

デザイン用のソフトで組んだものを凸版に製版した方が自由がきく。いつもと同じようにデザインできて、作業も楽。費用も活字を組むより安上がりだ。だが、活版で印刷するからには活字組版にこだわりたかった。

活字は物質だから、同じ型を使って鋳造したとしても完全に同じにはならない。使い続けることで線が太ることもある。もちろんまっすぐ隙間なくならべるが、DTPの文字のように完璧に均一にはならない。定規ではかることができないほど微妙にだが、揺らぐ。それが味になる。

ソフトで組んだものを凸版にするのでも、版で押されたあとは感じられる。その微妙な凹みを活版の味わいとして好む人も多いが、僕は活字をならべることによって生じる揺らぎにも強く惹かれていた。その揺らぎを出すためには、凸版ではなく活字組版でなければならなかった。

組版はむずかしく、学ぶのにはかなり時間がかかった。ある程度上達すると、知人の名刺を引き受けるようになった。はじめは三日月堂に行って活字を拾い、弓子さんに教わりながらその場で組み、印刷していた。

だが、しだいに組版まで自宅で行うようになった。活字店で必要な活字を買い求め、自宅で組む。それを三日月堂に持っていき、使用料を支払って印刷機を借りる。

いまは込めものは手にはいらないので、三日月堂のものを貸してもらった。

その代わりに、というわけでもないが、三日月堂に来た仕事でデザインが必要なものについては、格安でデザインを引き受けるようになった。

小穂と出会ったのも三日月堂だった。小穂は川越の図書館で司書として働きながら朗読を学び、友人たちとともに「ちょうちょう」というユニットを組んで、ときどき朗読会を開いている。

ちょうちょうのはじめての朗読会を準備していたとき、彼女たちが三日月堂にやってきた。

雪乃さんは海外赴任する宮田についていくために仕事を辞めてしまったけれど、もともとは小穂と同じ図書館に勤めていた。小穂は同僚として結婚式に招かれていたので例の招待状を目にしていて、朗読会で配るリーフレットを活版印刷にすることを提案し、メンバーたちと三日月堂を見にきたのだった。

まだ三日月堂に頼むと決まっていたわけではなかったようだが、朗読の話を聞いているうちに朗読というものがどういうものなのか知りたくなって、そのとき練習していた演目のうちの一編をその場で読んでもらった。

とてもよかった。朗読したのは「車のいろは空のいろ」というあまんきみこさんの作品で、聞いていると心がほぐれるようだった。いつもは文字を目で追っているけれど、声を耳から聴くと、また別の世界が見えてくる。

そういえば、言葉というのは、文字という目に見える形になる以前、声という音だった。視覚より聴覚の方が先だったのだ。そこには声の大きさ、声色など、文字にはない要素がたくさん含まれている。

映画やドラマ、演劇を見ることはあるけれど、声だけの演技というのが新鮮だった。考えたら、落語や漫才だって声の芸だし、歌だって耳だけで聴くことが多い。

でも、こうして人の声で物語を読んでもらうなんて、子どものころ親に絵本を読み聞かせしてもらったとき以来かもしれない。少しなつかしい気もしつつ、すごく新鮮だった。

そして、小穂の声も。正直、うまさでいうならほかの三人の方が達者だった。滑舌も、表現力も。だが僕は小穂のふるえるような声に惹かれた。なんだか、いっぱいいっぱいな雰囲気で、この文章からたくさんのことを感じ取り、自分のなかでそれを消化しきれず、戸惑いながら読んでいる、という印象を受けた。

小穂の顔を見つめ、なぜかいっしょにどきどきしていた。

結局リーフレットは三日月堂で作ることになり、出版社を通して作者の許可を得て、「車のいろは空のいろ」の一節を印刷することになったようだ。弓子さんと彼女たちで相談して、凜とした雰囲気のあるリーフレットが完成した。

その後、弓子さんといっしょにちょうちょうの朗読会を聴きに行き、僕は小穂の朗読にガツンと頭を殴られたみたいな衝撃を受けた。あのとき、三日月堂で読んだときとはまるで別物だった。

声のふるえも、いっぱいいっぱいの表情もあのときと同じ。うまさはやはりほかの三人の方が上だろう。だが、小穂の声を聴いていると、なぜか涙が出そうになる。それどころか、「すずかけ通り三丁目」という作品のクライマックスにさしかかったとき、まわりにたくさん人がいるというのに、僕は号泣してしまったのだ。

小穂は舞台の上では泣かなかったけれど、最後に出口に出て客にあいさつするときには少し涙ぐんでいた。あとで聞いた話では、小穂は練習中何度も「すずかけ通り三丁目」を読みながら泣いてしまっていたらしい。彼女たちの師である黒田《くろだ》先生は、小穂も成長したじゃない、と微笑んでいた。

弓子さんは見て見ぬふりをしてくれたけど、ちょうちょうのメンバーには僕が泣いていたことはバレてしまっていて、かなり気恥ずかしかった。

三日月堂で作ったリーフレットも好評だった。黒田先生が弓子さんと話したがっていたこともあり、僕も便乗して打ち上げに参加させてもらった。公演のあとだったから、ちょうちょうのメンバーたちもみなリラックスして楽しい会だった。

僕は小穂のとなりだった。朗読の感想を話すと、小穂はうれしそうに笑ったあと、練習、ほんとに大変だったんですよ、途中で何度も辞めようと思いました、と言った。

――でもほんと、人の声って不思議だなあ。色があって質感があって奥行きがある。今回の朗読を聴いて、はじめてそう思いましたよ。

僕が言うと、小穂はうなずいた。

――そうなんですよね。はじめはちょっと怖かったんです。文字にはそういうものがないから、本を目で読んでいるときは意味だけがすっすっとはいってくる。でも、それを朗読しようとすると、どうしても声の感触がはいってくるでしょう？　これでいいのかな、っていつも不安になるんですよ。

その繊細な感覚に心をつかまれた。

——小穂さんの声はいつも微妙にふるえてるんですよね。

——やっぱりわかりますか？　わたし、それがいやなんです。黒田先生には、そこは個性だからあまり気にしなくていい、って言われてるんですけど、自分では気になるんです。

——僕もいいと思いますよ。個性的で、心が揺さぶられる。

——そうでしょうか。ほかの三人みたいにきれいに読めるようになりたいんですけど……。

小穂は自信なさげにため息をつく。

——ただよどみなく読めばいいわけじゃない、とは思うんです。小説の言葉って、もとは作者の肉声でしょう？　作者の呼吸でつむがれている。

——そうですね。

——前に作者の自作朗読を聴いて衝撃を受けました。声の出し方がうまいわけじゃないのに、聴いてると心がふるえる。声が波になって心を叩いてくるみたいで……。

小穂は目を輝かせながら話している。

――前に弓子さんとも話したことがあるんですよ。文字は種みたいなものだって。幹も葉っぱも花も見えないけれど、種のなかには全部はいってるんです。だから文字のなかに封じこめられている声に耳を傾けなければいけない。

――文字のなかに封じこめられている声、か。

いい言葉だなあ、と思いながらうなずいた。

――だけど、種だから、土や水がないと芽が出ないでしょう？　朗読者は土になればいいんだと思うんです。土壌によって植物の形や色が変わることもある。種にとっていちばんいい形にしたい、っていつも思うんですけど、わたしという土で植物を育てるしかないんだな、って、最近はそう思うようになりました。

話を聞きながら、小穂の考え方に惹かれていた。

――面白いですね。そんなこと、考えたこともなかった。僕はふだんはデザインの仕事をしてるんです。文字の形やレイアウトのことはよく考える。このテーマで、こういう内容なら、ここはこの書体を使うといいな、とか。

――あ、わかります、ポスターやチラシの文字って、目にはいりやすくできてますよね。重要なものは大きくなってたり……。

——そうそう、視覚デザインっていうんですよ。意図が伝わりやすいように文字や写真、イラストなんかをならべていく。呑みこみやすいようにするだけじゃなくて、わざと違和感を出して立ち止まらせたりとか……。

——そうなんですね。

——文字の形を変えたり、写真やイラストと組み合わせたり、パソコンでデザインするときはなんでも自由自在なんです。拡大、縮小、反転、回転、影をつけたり、透明度を変えたり。

——すごいですねえ。

——でもね、雪乃さんの結婚式の招待状を作るとき、はじめて活版というものにふれて、びっくりしたんです。それまで自由自在にできていたことがなにひとつできない。フォントも限られてるし、変形もできない。でもそのかわり、文字にすごく存在感がある。

——わかります。活版印刷の文字、わたしも見たときびっくりしましたから。なんなんでしょうね、あの存在感。気になって、あれから図書館でも活版印刷の本、探しちゃいました。

——活字の話?

はす向かいに座っていた黒田先生が話しかけてきた。そのあとしばらく、黒田先生や弓子さんを交えて活字の話で盛りあがった。お開きになったあとも僕は小穂ともっと話をしたくて、別れ際にメールアドレスを交換した。

それからいっしょに食事をしたり、川越を散策したり、美術館に行ったりするうちに自然と交際がはじまったのだ。

2

みずほ銀行の前で小穂と落ち合い、洋食の太陽軒《たいようけん》に行くことになった。これまでにも何度か前を通ってそのたびに惹かれていたのだが、なかなか時間が合わず、店にはいるのは今日がはじめてだった。

大正時代創業の店で、いまの建物は昭和四年築。木造漆喰塗りの洋館だ。独特のデザインで、国登録有形文化財に指定されているらしい。建物の内部の細工も凝っていて、ランチの定食のエビフライもサクサクでおいしかった。

食事のあと、一番街を少し歩いてから三日月堂へ。弓子さんと悠生さん、それにアルバイトの楓さんもいて、大型機、デルマックス、手キンすべてが稼働状態。年賀状などの注文が相次ぎ、なかなか忙しそうだ。

僕の用事は以前お願いしていた名刺数点の受け取りと、あらたに作った年賀はがきの組版をおさめることだった。受け取りだけなら宅配便でもよいのだが、年賀はがきの方は少しややこしい色指定があるので、口頭で説明しておきたかった。

小穂の用事は、次の朗読会のリーフレットの件だった。ちょうちょうの活動も年を重ね、いまでは年に数回朗読会を開いている。メンバーの美咲《みさき》さんが小学校の教員なので、会はたいてい長期の休みになる春、夏、冬になる。

会場の手配、練習場所の確保、ネットでの告知など、メンバー四人で作業を分担するのだが、小穂は毎回リーフレット作りを担当、印刷はいつも三日月堂に依頼していた。いま準備しているのは、冬休みに行うクリスマス公演だった。

会場はkura。ここでの公演も恒例となり、クリスマス公演には子どもの客も多い。大人も子どもも楽しめるよう、今回はオー・ヘンリーの「賢者の贈り物」と佐々木たづの「子うさぎましろのお話」と聞いていた。

両方とも司書である小穂が選んだらしい。図書館で読み聞かせも行っているので、子ども向けの本にはとくにくわしかった。

有名な「賢者の贈り物」は読んだことがあったが、「子うさぎましろのお話」の方ははじめて聞く作品で、小穂から絵本を借りて読んだ。

　ましろは北の国に住む白うさぎの子。サンタクロースからいちばんにプレゼントを受け取るが、すぐに食べてしまい、もうひとつほしくなる。自分の身体に墨を塗りつけ、別のうさぎのふりをしてサンタのところに行く。

　すべての子どもにプレゼントを渡したので、サンタの袋は空っぽ。サンタは袋のなかから出てきた種をましろに渡す。ましろはサンタをうまく騙したつもりになっていたが、家に帰ろうとすると身体に塗りつけた墨が取れない。

　これではほんとに別のうさぎになってしまう。ましろはサンタからもらった種を土のなかに埋め、神さまに返そう、と穴を掘る。一生懸命掘っているうちにましろの身体はいつのまにかもとの白に戻っていた。

　やがてましろの植えた種は芽を出し、もみの木が育つ。ましろはサンタにほんとうのことを打ち明け、謝る。その後、毎年その木にプレゼントのおもちゃがなり、ましろはサンタの手伝いをするようになる、というお話だ。

　子ども向けだが、罪を犯すこと、それでも許されることが描かれていて、考えさせられた。

　子どもならきっと、嘘をついて墨が取れなくなってしまったところでどきどきし、もとの白さに戻ったところでほっと安心するだろう。大人はサンタの立場になって、許しとはなにか考えるだろう。

小穂はリーフレット作りにもだいぶ慣れてきて、紙やインキ選びも毎回趣向を凝らし、文具を使ってちょっとしたエンボスを入れたり、型抜きを行ったり、いろいろ工夫するようになっている。

今回も、全体はプレゼントの箱のような形、アドベントカレンダーのようにあちこちに小窓を開け、小窓のなかに「賢者の贈り物」に出てくる懐中時計と櫛や「子うさぎましろのお話」に出てくる種ともみの木のワンポイントを配置するという凝った作りを考えているようだ。

ワンポイントは楓さんに描いてもらい、切り抜きはちょうちょうのメンバーが行う。観客が五十名程度の小さな会だからできることだとは思う。だが、商業デザインにはない手作りのあたたかさがある。

そのあいだ、僕は悠生さんとこれから刷ってもらう年賀はがきのインキ色について相談し、三日月堂の最近の様子を聞いた。ポスター、カレンダーなど大判の印刷の依頼がどんどん増えているそうで、ついに盛岡の本町印刷から大型印刷機がもう一台やってくることが決まったらしい。

「すごいですね。ここにもう一台大型機がくるのか」

思わずつぶやき、工場のなかを見まわす。

「もともとここにはあと一台、伝票印刷用の大型機があったみたいですからね。スペース的にははいるはず」

弓子さんからもそんな話を聞いたことがあった。

「まあ、こいつはここから動かせないから、机を移動して入れるしかないんだけど」

悠生さんが苦笑する。

三日月堂の平台はとても大きい。むかしの大きな印刷所にはもっと大きな機械があったそうだが、ここの平台も軽自動車くらいの大きさはある。床にコンクリートで固定されていて、地面から生えているみたいな感じだ。

「だけど、やっぱりあの机がないと不便なんだよね。お客さんとの相談用にも使ってましたから。手キンを使ったワークショップは浮草でやってるから、ここでお客さんが印刷することはなくなったけど、相談スペースはどうしたって必要だし」

「そうですねえ」

いまも机には弓子さん、楓さんと小穂が向かい合って座っている。小穂は自分で作ったサンプルを見せながら、真剣な顔で説明していた。

二階にも応接スペースはあるけれど、活字や道具のあるここの方が相談にもなにかと便利なのだ。

これまで何度もあの机で弓子さんと相談した。僕だけじゃない、お客さんはみんなそうだ。雪乃さんも、小穂も、西部劇イベントのチケット作りのときも、街の木の地図を作ったときも。

活版が印刷の中心だったころはスピードが最優先だったのだろうが、活版印刷がめずらしいものになったいまは、デザインから紙やインキの色まで自分の理想を追求するお客さんが多くなった。活字や印刷機と同じくらい、相談スペースは大事なものだ。

「奥の倉庫を片づけて全体に配置換えするのはどうですか」

「それもいいですねえ。倉庫は少し片づければまだスペースができそうだし」

悠生さんがうなずく。

「とにかく、配置換えはそうそうできないから、しっかり動線を考えて決めないと。最近じゃ、時間があるときは配置のことばかり相談してますよ」

悠生さんは笑い、平台を動かしはじめる。僕たちが来る前にしていた仕事の続きらしい。大きなモーター音がして、ローラーがまわりはじめる。刷っているのはカレンダーのようだ。

すごいなあ、と思う。弓子さんがここに帰ってくるまで、工場はずっと閉じられたままだった。長年使っていなかった機械を弓子さんがひとりで少しずつ手入れし、客を増やしていった。それから楓さんがアルバイトするようになって……。

でも、いちばん大きかったのは、弓子さんが活版イベントで悠生さんと出会ったこと。悠生さんの大叔父さんが三日月堂の平台を直してくれた。やがて平台を動かせる悠生さんが本業のかたわら三日月堂を手伝うようになり、弓子さんとともに生きる道を選んだ。

ふたりの結婚式は、三日月堂のあたらしい門出でもあった。僕も少し準備を手伝った。招待状に席表、あいさつ状。式で使う印刷物はすべて三日月堂で印刷したのだが、そのデザインをまかされたのだ。三日月堂のふたりが作るものだから、活字の特性を活かしたものにした。

夫婦イチョウで有名な川越八幡宮《はちまんぐう》での結婚式に、明治初年創業の料亭「たらよう」での披露宴。僕も招待され、小穂とともに出席した。

弓子さんは白無垢《しろむく》で、小穂はそのうつくしさに感激し、何枚も写真を撮っていた。

僕は、なぜか親族のような気持ちになっていて、情けないことに披露宴のスピーチの最中にみんなの前で号泣してしまった。

そのころから三日月堂はどんどん大きく、強くなっていった。仕事の数も種類も増えているみたいだ。

水上《みなかみ》さんの『雲日記』のあと、岩倉さんの会社からの依頼で何冊か本を刷った。弓子さんのお母さん、カナコさんの歌集も作った。若くして亡くなった女性の短歌を三十年近く経ってから友人たちの力で出版、作者の娘が活版で印刷を行ったという物語が話題を呼び、少部数だが重版もかかった。

三日月堂の在り方を見ていると、少しうらやましくなる。

僕も活版関係の仕事を頼まれることが少しずつ増えてきた。うちの会社は副業禁止ではないが、社の仕事の合間にこなすのも辛くなっていて、いつか独立したいと考えていた。

個人事務所を作れば、ＤＴＰデザインの仕事と活版の仕事を自分なりのバランスでこなしていくことができるかもしれない。だが。

小穂の方をちらりと見る。

弓子さんたちを見るたびに、結婚のことを考える。夫婦で協力し合ってひとつの仕事をするのはある意味理想的だが、僕たちはそういかないだろう。小穂は司書の仕事にも生きがいを感じているようだし、朗読の活動にも力を入れている。出産や育児のことを考えると、結婚による変化はどうしても女性の方が大きくなる。小穂の仕事や活動を妨げるようなことはしたくない。

独立してすぐにうまくいくとはかぎらない。そんな不安定な状態で結婚なんて無理に決まってる。かといって結婚してから独立するのもむずかしい。子どもができればお金もかかる。

独立するなどと言ったら、うちの親だっていい顔をしないに決まっている。

僕の実家は代々横浜《よこはま》でスカーフの製造会社を営んでいる。開港以来、横浜港からは大量のシルクが輸出された。明治時代を通して、生糸と絹製品が輸出物の七割を占めていたという。スカーフはそうしたなかで生まれた横浜の地場産業だった。

僕は次男で、会社は兄が継ぐことになっているから問題はない。それでも、僕が東京でデザイナーの仕事をする、と言ったときには渋い顔をされた。

僕がデザインに興味を持ったのは、まちがいなく実家のスカーフ作りを見て育ったからだ。だが祖父や父にとって、スカーフ作りとデザイナーの仕事はまったくちがうものだった。スカーフには原料となる生糸があり、織りがあり、染めがある。完成したあとは商品として流通、販売しなければならない。

スカーフは物質で、商品だ。たしかに柄は大事だが、それはスカーフ作りの一部にすぎない。ポスターやチラシのデザインだけを請け負うのは虚業、しかも客の依頼でデザインしたものだから、自分の手元にはなにも残らない。

そう言って反対されたときは、納得できないものを感じた。国産のスカーフは高級海外ブランドのスカーフに押されて苦戦していたし、伝統にしばられて自由もなかった。パソコンを使って次から次へ新しいものをデザインすることの方がずっと楽しそうに見えた。

だが、いまは親の言っていたことが少しわかる。デザイン事務所の仕事を続けるうち、手触りがないことに物足りなさを感じるようになった。すべてがディスプレイのなかで行われていて、なににも触れることができない。

だから、ここで活版印刷をはじめて見たときは衝撃を受けた。印刷なのに手触りがある。紙なのに奥行きがある。DTPにくらべたらデザインの自由度はないけれど、印刷されたものに存在感がある。

祖父や父がスカーフの図柄だけでなく、糸の質や光沢、手触りを大切にしていたことを思い出し、そういうことだったのか、となぜか納得した。

「ああ、そうだ、金子さん」

悠生さんの声にはっとした。

「小穂さんも。ちょっと見てもらおうと思っていたものがあるんですよ」

ふりむくと、悠生さんが棚から大きな紙を取り出してきた。小穂も弓子さん、楓さんも悠生さんの方を見る。やわらかな色の耳のついた紙だった。

「耳がついてますね。手漉き和紙ですか？」

僕は悠生さんに訊いた。

「ええ、そうです」

弓子さんが微笑んだ。

「耳？」

小穂が首をかしげる。

「そう、耳。紙の周囲にふやふやっとした部分があるでしょ？　これを『耳』って呼ぶんだよ。紙を漉いたときこういう部分ができるみたいで」

何度か仕事で見たことがあった。高価なので滅多に使うことはないけれど、高級感、特別感を出すために、名刺などで手漉きの和紙を希望する客もたまにいる。

「素敵ですねえ。なんだか、あったかい感じがします」

小穂が紙にそっと触れる。

「これね、細川紙《ほそかわし》っていうんです」

弓子さんが言った。

「たしかユネスコの無形文化遺産に登録された紙ですよね」

「さすが金子さん、よく知ってますね」

悠生さんが言った。

「たしか、登録されたのは、島根《しまね》県の『石州半紙《せきしゅうばんし》』、岐阜《ぎふ》県の『本美濃紙《ほんみのし》』、そして『細川紙』でしたよね」

「そうですね。和紙の材料は楮《こうぞ》、三椏《みつまた》、雁皮《がんぴ》などいろいろあるんですが、登録された三つの和紙はみな、楮だけを使っているんだそうです」

「楮、三椏、雁皮……。むかし高校の古典か日本史で習ったような気が……」

小穂がつぶやく。

「僕もよくわからないんですが、楮の繊維は特別長く、光沢があるらしいんです。だからほかより丈夫で、うつくしい紙を漉ける」

悠生さんが答える。

「実は去年の秋、活版イベントで細川紙を作っている方と出会ったんです」

弓子さんが言った。

「野木《のぎ》まさ子さんっていう、埼玉《さいたま》県比企《ひき》郡のときがわ町で和紙の工場をしてる方で」

「ときがわ町?」

「ええ、東武東上線沿線で、駅でいうと、森林公園《しんりんこうえん》駅の近くですね」

弓子さんが答える。

「え、じゃあ、川越から三十分くらいですよね。森林公園にはむかし遊びに行ったことがあります」

小穂が言った。川越に住んでいるから沿線のことにはくわしい。

「そうですね、駅から工場までは車じゃないとちょっと遠いですけど」

「でも、そんな近くに和紙の産地があるとは。知らなかったなあ」

僕はつぶやいた。

「そういえば、むかし小川町《おがわまち》が和紙の町だった、というのは聞いたことがあります。前に図書館の講演会でそんなお話が出ました」

小穂が言った。

「東秩父村《ひがしちちぶ》や、比企郡のあたり一帯で和紙を作っていたんですね。江戸で紙をたくさん使うから、むかしは紙作りがさかんだったそうですよ」

悠生さんが答える。

「お客さまのなかには和紙への印刷を希望される方もいらっしゃいますし、祖父のころからつきあいのある笠原紙店さんから仕入れることが多いんですが、どうやって作るのか、前から興味があったんです。それで、野木さんにお願いして見学に行ったんです」

弓子さんが微笑む。

「見学に？」

「秋から冬にかけては繁忙期というお話で、こちらも年末年始近辺は年賀状印刷で忙しいですから、春になったころにうかがいました」

「紙漉き、したんですか？」

小穂が興味津々という顔になる。

「ええ、しました。簡単そうに見えるけど、意外とむずかしくて……。でも、紙漉き以外にもいろいろ驚くことがあったんですよ」

「驚くこと？」

「ええ。和紙作りっていうと、紙漉きのことばかり思い浮かべるんですが、野木さんのところでは原料の楮作りから自分たちの手で行っているんです」

「原料から？　楮って、木ですよね」

「ええ。木を一年かけて育てて、収穫してるそうで。自分たちの畑だけだと足りないから、近隣の農家の方にも協力してもらっているんですが、野木さんご自身も手入れや収穫を手がけているそうです」

悠生さんが答える。

「春になると株から芽が出て、秋に木になる。葉が落ちたら株を残して木を刈り取る。そしてまた春になると新しい芽が出てくるんです。そのときは三月で、ちょうど新しい楮の芽が出てきたところでした」

弓子さんが言った。

「わたしたちも何度かお手伝いに行ったんです」

楓さんが言った。

「夏休みは、弓子さんと悠生さん、大西さん、浮草の安西さんと豊島さんもいっしょに行って、農作業を手伝いました。大変でしたよ。炎天下だし、虫も出るし」

「そういえば、楓ちゃんと豊島さん、最初は悲鳴あげてたよね」

悠生さんが笑う。

「日焼けと虫刺されで泣きそうでした。でも、だんだん慣れてくるんですよね。で、

ふと、むかしは多くの人がこういう暮らしだったんだな、と思って……。いい体験

でした」

「この前野木さんから連絡があったんです。そろそろ刈り入れだ、って。それで、今度の週末、楮の収穫を見にときがわ町に行くことにしました。大西さんと浮草のふたりは仕事で来られないんですけど……」

弓子さんが言った。

「それ、わたしも行きたいです」

即座に小穂が言った。

「紙漉きってどういうものなのか、ちょっと興味あります」

目をきらきらさせている。

「僕も見たいです。いっしょに行ってもいいでしょうか」

今度の週末は小穂と過ごすつもりだったが、とくに計画はなかった。

「ええ、じゃあ、野木さんにそう伝えておきますね」

弓子さんがにこっと微笑んだ。

3

当日は川越駅で待ち合わせ、そこから三日月堂のワゴンでときがわ町に向かった。川越の市街地から離れるにつれ、あたりに田畑が増えてきた。八高線の線路を越え、少し走った先に小さな工場のような建物が見えた。

「ここです」

悠生さんが駐車場に車を止める。建物の前に細い木の枝の束が積まれていた。

「もしかして、これが楮ですか?」

小穂が訊くと、楓さんがうなずいた。

「ここ、もとは給食センターだったんですって」

楓さんが建物を見あげながら言う。

「給食センター?」

「学校給食を作ってるとこ。あたらしい給食センターができたから、むかしのを改築して工場にしたんだそうです」

楓さんが答えたとき、玄関から女性が出てきた。

「こんにちは」

弓子さんが近づいてあいさつする。

「よくお越しくださいました」

笑顔とともに元気な声が返ってくる。五十代くらいの女性だ。あの人が野木さんなのか。小柄でにこやかだが、きりっとしている。

「今日ははじめての方を連れて来ました。デザイナーの金子さんと、司書の小穂さんです」

弓子さんが僕たちを紹介した。たがいにあいさつし、名刺を交換する。

「まず、工場のなかをご覧になりますよね？」

野木さんが言った。

「そうですね」

「いまは収穫の時季なんで、あちこちごちゃごちゃになってますけど……。まずは、あれね、井戸と蒸し釜」

野木さんが工場の前の井戸と大きな釜を指す。

「紙作りには水が欠かせませんから。地下水じゃないと間に合わないので、わざわざ掘ったんです。釜もこのために作りました」

レンガでできた炉の上に丸い大釜が据えられている。人がはいれるほどの大きな釜だ。

「あそこに取ってきた楮の束を入れて蒸すんです。楮でもなんでも、使うのは木の皮の内側だけ。真ん中の硬いところは紙にならない」

野木さんが近くにあった白いつるっとした棒の束を指す。

「ここは使えないんです。皮の表面も茶色くて使えない。皮を剝いで、茶色いところを削ぎ落として、なかの白い皮だけを使います。そのままでは皮を剝がすことができないから、あの釜で蒸してやわらかくして、剝がす」

つまり植物の師部《しぶ》だけを使うということだろう。木の幹の中央は木部《もくぶ》といい、ほとんどが死んだ細胞でできている。鹿などの動物が食べるのも師部だけ。そこだけが生きた細胞らしい。木部に大きな穴があいても木が死ぬことはないが、動物に下の方の皮をすべて食べられてしまえば枯れる、と聞いた。

「なかにどうぞ」

野木さんは早足で工場にはいっていく。きびきびした感じで、きっと優秀な人なんだろう、と思った。

入口にはチラシや紙の見本が置かれたスペースがあり、そこを抜けると工場だった。浴槽ほどの大きなステンレスの水槽がいくつもならび、白い木の皮が水に浸っている。

「ここにはいっているのが、外側の茶色の皮を取り去った白い皮。これが紙の原料になります。でも、ここからさらに細かい茶色の部分を手で取るんです。そうしないと白い紙になりませんから」

「手、入れてもいいですか？」

僕は訊いた。

「どうぞ」

野木さんが微笑む。すっと手を入れる。冷たいかと思ったがそうでもない。

「冷たくはないでしょう？　井戸水だから」

「茶色い部分って、こういうところですか？」

木の皮を持ちあげ、じっと見る。何ヶ所か節のように茶色い部分が残っていた。

「そうです。そういうところを手でむしり取る」

言われた通り、むしってみた。やわらかいので、さほど力はいらない。だが、よく見ないと見つからないし、なにしろ量が多いので、全部取るのはかなり時間がかかるだろう。

「ちり取りした皮を煮てやわらかくして、打解機で叩いてつぶす。そうすると綿のような状態になります。それを水に入れる。とろみを持たせるためにトロロアオイっていう植物もいっしょに入れます」

「トロロアオイ?」

小穂が訊いた。

「それもこちらにありますよ」

野木さんが隣の部屋にはいっていく。

窓際の水槽で男性が紙を漉いている。野木さんの夫で、巧《たくみ》さんというらしい。弓子さんたちはもう顔なじみのようで、親しげにあいさつしている。

「あの水槽を『漉き舟』って呼びます。あそこに原料を入れて漉く。細川紙と認定されるためにはこういう伝統的な道具を使って、『流し漉き』という手法で漉かないとダメなんですよ」

まさ子さんが言った。漉き舟は木製。和紙を漉くためには目の細かい簀《す》を使う。それを支えるための枠を桁といい、ふたつセットで簀桁《すけた》と呼ぶ。天井から紐が垂れ、簀桁はその紐に吊りさげられていた。

「今日はあたらしい人もいて……。これからいっしょに収穫に行くんだけど、その前にちょっと紙漉きを見たいって」

まさ子さんが言うと、巧さんはゆっくりとうなずいた。

「よろしくお願いします」

小穂とふたりで巧さんに頭をさげる。巧さんが簀桁を漉き舟に入れた。液体を汲んでから上にあげ、ゆったりと振る。粘りのある液体で、楮なのだろう、なかに白い繊維が溶けこんでいる。

「こうやって振ると、水は簀を通って下に落ちるけど、繊維は残る。でも、水だけだと早く落ちすぎるから、トロロアオイという植物の根っこで液体に粘りを出して、ゆっくり落ちるようにしてあるんです」

簀の目はとても細かい。一本一本が一ミリくらいに見える。液体はしばらく簀の上をゆらゆら漂う。なかの繊維が縦に横に揺れる。

「『流し漉き』っていうのは、こうやって簀桁を揺らして漉く方法で……。縦横に揺らすことで繊維がよくからんで、丈夫な紙になるんです」

ある程度水分が少なくなったところで、巧さんはじゃばっと残った水を簀の外に捨てた。簀の上に白い膜が張っている。

「薄い層ができてるでしょう？　こうやって何度か薄い層を重ねていくんです」

巧さんはもう一度簀桁で液体を汲みあげ、揺らす。淀みのない動作だ。簀の上の白い層が少しずつ厚くなる。水をたくさん含み、重湯のようにやわらかな紙。

なんだか不思議だった。僕たちは紙を使うとき、水濡れに気を遣う。紙を濡らしてはいけない、と思っている。だが、紙は水のなかから生まれるのだ。

巧さんが簀桁を液体から完全にあげ、うしろの台の方に向く。簀を剝がし、台の上に置かれた白い四角い束の上に簀をそっと重ね、端から剝がしていく。

「これが、紙？」

小穂が驚いたようにつぶやく。そう、紙だ。ひたひたのやわらかい紙が何枚も重なっている。すごいな。なんでもなさそうに重ねて剝がしてるけど、ちょっと手がすべればすぐに折れ曲がったり皺が寄ったりしてしまいそうだ。

「あとでこれに圧力をかけて水を搾って、干すんですよ」

「こんなふうに重ねて、くっついてしまわないんですか？」

小穂が心配そうに言った。

「うん、くっつかない」

巧さんが笑う。

「不思議だよね」

悠生さんも笑った。

「液体、さわってみますか？」

巧さんに言われ、小穂が手を入れる。

「ほんとだ、ちょっととろみがありますね」

「そうなの？」

僕も手を入れた。たしかに少しだけぬるっとする。

「このとろみをつけるのがトロロアオイなんですね」

「そう」

巧さんはうなずいて漉き舟を離れた。反対側のバケツのそばに立ち、なかにはいっていた木の根っこのようなものを持ちあげる。水からあげると、茶色がかった糸を引いた。

「これがね、トロロアオイ。触ってみますか？」

巧さんに訊かれ、小穂がおそるおそる手を差し出す。

「うわあ、ぬるぬる」

どろーんと垂れた液体に僕も指を差し入れた。ぬるぬるだが、べたべたはしない。つるっとした不思議な感触だ。

「オクラの仲間なんですよ。オクラとよく似た花が咲きます」

巧さんが言った。そういえばこの液体の粘りもオクラの粘りと似ている。

「そろそろ行きましょうか」

まさ子さんが言った。急いで漉かなければならない紙があるため、巧さんは今日の収穫には出ないらしい。僕たちはまさ子さんといっしょに外に出た。

三日月堂のワゴンに乗り、まさ子さんの車について畑へ向かった。まさ子さんの車が空き地に止まり、悠生さんもとなりに車を止めた。車を降りて、畑のなかの細い道を歩いていく。

「ここです」

まさ子さんが葉の落ちた藪のような場所に立つ。広い。畑といっても木の畑なんだな。これが楮なのか。立ちならぶ小木をながめた。

一年で育って刈り取るものだから、そんなに大きな木ではない。高さは二、三メートルほど、太さは根元で直径数センチ。根元から何本かの幹に分かれている。近隣から来たボランティアの人たちもいた。近くの農家の人も手伝ってくれているらしい。

「刈り取りは、こんなふうに葉っぱが全部落ちたあとにはじめるんですよ」

まさ子さんが幹を握る。鎌を持ち、慣れた手つきで楮の幹をしならせる。根元に鎌をあて、ぐっと引く。刈り取った幹をほかの人が受け取り、小枝を払う。

悠生さんは鎌を手に、農家の人に教わりながら楮を刈っている。弓子さんと楓さんは小枝を払う役、僕と小穂は幹を集めて束ねる方にまわった。見よう見まねで幹をしばる。ふたりがかりで束を押さえつけ、紐をかけた。

幹を太くするため、夏場は、余分な枝や葉っぱを払うらしい。三日月堂の人たちはそれを手伝いに来て、楓さんは葉っぱを切り取ったときに出る汁のようなものでかぶれてしまった、と言っていた。

昼は外で弁当を食べた。それぞれ持ってきたおにぎりやおかずをひろげる。僕のは来る途中で買ったおにぎりだったが、悠生さんと弓子さんは野菜の肉巻きやにんじんのサラダ、楓さんは特大卵焼き、小穂は炊き込みご飯を作ってきていた。

地元の人たちともおかずを交換したりして、なごやかなお昼になった。少し寒かったが、日差しがぽかぽかして気持ちがよかった。

4

昼食のあと三時ごろまで作業して、工場に戻った。

刈り取ってきた楮の束が工場の外に積みあがる。刈り取った楮を蒸して皮を剝く作業を楮かしきと呼ぶそうだ。楮かしきのときはまたご案内しますから、よかったら来てくださいね、とまさ子さんは言った。

工場にはいり、事務所の椅子に座る。身体のあちこちが痛かった。

「疲れましたねえ。日ごろ運動不足だから、身体じゅう筋肉痛です」

僕が言うと、みんな笑った。

まさ子さんによると、楮の栽培はむかしは農業の一環だったらしい。畑でほかの作物を作りながら、周りに楮も植えておく。作物の収穫が終わったあと、楮を刈り取る。そうして農閑期である冬、家で紙を漉く。

「まさ子さんのご実家もそうなんですか?」

小穂が訊く。

「いえ、わたしはね、実はこのあたりの出身じゃ、ないんです」

まさ子さんが言った。

「そうなんですか?」

「ええ。実家が紙作りをしてたわけでもないし、わたし自身も前はふつうの会社員でした。でも、三十年くらい前、仕事でこの土地に来て、川沿いにたくさん紙が干されているのを見て、なぜか無性にその風景になつかしさを感じて……」

まさ子さんが思い出すように言う。

「町で職人の継承者育成事業の募集があって、それに応募してこの道にはいったんです。技術を習得して、埼玉県伝統工芸士の協会にもはいってますけど、それでも新参者ですからね。国内で楮を作る人はもうかなり少なくて、原料を手に入れることもままならない。自分たちで畑を作るようになったのも、だからなんです」

原料にこだわって、というような話ではないらしい。

「ここに来るまで、もちろん紙漉きだけじゃ食べていけませんでしたよ。バイトもしたし。最初は紙を買ってくれるところもありませんでした。和紙の専門店はなかなか相手をしてくれませんでしたし、最初は伝手をたどって小さなギャラリーに置いてもらったり」

まさ子さんが微笑む。

「子育てもあって、親の介護もあって、この前ようやくこの工場を作ったんです」

子育てや親の介護をしながら……。やっぱり強い人なんだな、と思った。

「でもねえ。楮も放っておいていいわけじゃなくて、手入れしなくちゃいけませんしね、春から秋まではほとんど農業ですよ。トロロアオイも、近所の農家の方に頼んで作ってもらっているんですけど、なかなかむずかしくて。紙漉き以外のことの方が忙しくて。紙を漉くのは最後の最後。一年間の苦労の果ての、最後の晴れ舞台みたいなものです」

まさ子さんは笑った。

「紙作りの技術を残すためには後継者も育てないといけないですし、次に紙を作る人たちが生きていける土壌も作らないといけない。文化遺産に選ばれた、っていうのはそういうことだと思ってるから」

「残すためには、まわりのことを丸ごと引き受けなければいけないんですね」

弓子さんが言うと、まさ子さんがうなずいた。

「活版でも、もうあたらしい印刷機を作っているところはありません。壊れたときに直せる人もあまりいなくなってしまった。活字を鋳造しているところはあるけれど、母型《ぼけい》を作っているところはないし、罫線や込めものももう作れない。なにより、機械があっても動かせる人がいなければ印刷はできません」

「紙漉きのための簀桁も、作れる職人さんはもう全国でも十人くらいしかいないいんですよ。いまは注文してからできてくるまで何年もかかる。なくなりかかったものを復活させる、次世代に残す、というのは、ほんとにむずかしい」

まさ子さんと弓子さんの会話を聞きながら、三日月堂のこれまでのことを思った。

楓さんのような子がやってきたのも、悠生さんと出会って平台を動かせるようになったのも、奇跡のようなことだ。

「でも、いちばん大事なのは需要を作ること。人々がほしがらないものを復活させることはできない。伝統だから、というだけじゃなくて、あたらしい使い道を見つけなきゃいけないのよね」

「そうですね」

弓子さんがうなずく。

三日月堂もそうやって少しずつお客さんを増やしてきた。仕事の幅を広げ、活版だけのよさを見出してくれる人も少しずつ増えてきた。どこまで行けるのか、わからないけれど。

「そうそう、おふたりは、紙漉き、したことないんですよね」

まさ子さんが小穂と僕を見た。

「はい」

小穂がうなずく。

「じゃあ、漉いてみますか」

「え、いいんですか」

小穂の目が輝く。

「ええ。さっきみたいに大きいのはむずかしいですけど、小さな簀桁もありますから」

まさ子さんが立ちあがった。

「すごい。うれしいです」

小穂の声が弾んでいる。紙を漉ける。僕もかなりどきどきしていた。

「雲みたいですね」

さっきの部屋に移動し、漉き舟をのぞきこんだ小穂が言った。たしかに雲みたいだ。水のなかの雲。白いものがふわふわと揺れている。

はじめに巧さんが手本を見せてくれた。小さな簀桁を水のなかに入れ、引きあげて縦横に揺する。しばらく揺すったら、残った水をざっと捨てる。

ちゃぷちゃぷちゃっぱーん、と音がして、簀の上に薄い膜が張っている。もう一度水のなかに入れ、同じことをくりかえす。

「じゃあ、次はどうぞ」

小穂が簀桁を持つ。言われた通り水のなかに入れ、引きあげ、縦横に揺する。

「そう。じゃあ、水を捨てて」

「え？　ええっと……」

小穂が戸惑っている。

「これ、どうしたら……」

さっき手本を見ていたはずだが、いざ自分でやるとなるとどうしたらいいかわからないらしい。フライパンの上でオムレツの卵をひっくり返すようなものだ。

ざばっと捨てようとして、薄い紙の層の下の方にぐちゃっと皺が寄る。

「うわ、むずかしい」

小穂が声をあげる。やわらかい層だから、一度寄ってしまった皺はもう取れない。

巧さんが少し直してくれたが、跡は残った。三回同じことをくりかえし、簀をあげる。簀のまま水を切り、台の上に移した。

次は僕の番だ。簀桁を持って水の前に立つとなぜか緊張した。小穂の前だからかっこよくやりたいけど……。簀桁を入れ、引きあげ、振る。そこまでは問題なかった。だがやはり水を捨てるところで失敗してしまった。

巧さんに少し直してもらう。簀の上にうっすらと雲が積もっている。

もう一度水に入れる。引き上げる。紙漉きとは、雲を紙にする作業だ。雲を集め、水を切り、薄い雲を重ねる。はじめは半透明だった雲が少しずつ白さを増し、厚くなっていく。

ちゃぷちゃぷちゃぷちゃっぱーん。

最後に水を捨てるときだけうまくいって、弓子さんたちが拍手してくれた。


作った紙を乾かすと、思ったよりずっと紙らしいものができていた。寄ってしまった皺もそれほど気にならない。紙の白い肌がとてもうつくしかった。楮かしきのときにまた来ます、と約束して、工場をあとにした。

三日月堂で弓子さんたちと別れて、小穂を家まで送る。途中、居酒屋で夕食を取った。身体には心地よい疲労が残っていて、鍋物のあたたかさが染み入った。

「今日は楽しかった。誘ってもらって、ほんとによかった」

小穂はそう言ってカバンから今日作った紙を取り出し、満足げにながめている。

「紙ってああやって作るんだね。知らなかったなあ」

小穂はつぶやく。

「いまはなんでも工場で作られて、わたしたちが目にするのは製品だけだから、材料のことも、どうやって作るかも、ほとんど考えたことがなかった。印刷のことだって、三日月堂に来るまではなにも知らなかったし」

「むかしはなんでも人の手で作ってたんだよな」

ふいに、子どものころ父に連れられて養蚕《ようさん》の見学に行ったことを思い出した。蚕たちが白い糸を吐き、繭を作る。そこから紡がれる細い糸。不思議だった。紙も糸も生き物の命でできている。

「知らないことだらけだね。わたしたち、人間がどうやって生きているのか、ちゃんとわかっていないのかもしれない。楮で紙を作るとか、トロロアオイの根っこでとろみをつけるとか、どうやってそんなこと、思いついたのかな」

小穂がつぶやく。

「まあ、いろいろ試しているうちに、だんだんこれがいい、ってなっていったんだろうけど……。でも、すごいことだよね」

技術が受け継がれ、人の手でいろいろなものが作られてきた。あらためてそのことを思い、驚いていた。

「なんかさ、今日まさ子さんを見ていて、ちょっと弓子さんのことを思った」

僕が言うと、小穂は目を丸くした。

「まさ子さんが紙の世界にはいったの、三十年前って言ってたじゃない？　弓子さんもあと二十年、三十年経ったら、あんな感じになるのかもって」

「わたしも同じこと思ってた」

小穂がくすっと笑う。

「なんでだろ。顔は全然似てないのに」

僕も笑った。

「自分で自分の道を切り開いた。目先の損とか得とかじゃなくて、なんかもっと大きいもののために。だからじゃない？」

「そうだね。僕も……」

言いかけ、止める。

「なに？」

小穂がくりっとした目でこっちを見る。

「いや、僕もいつか独立したい、って思ってて……」

「うん、知ってた」

小穂があっさりと言った。

「え、どうして？」

「そりゃわかるよ。よく言ってるじゃない。いまの仕事は楽しいけど、なにか足りない、って」

「そうだけど……」

「活版の仕事をしているときの方が楽しそうだし。あ、楽しい、っていうのとはちがうかな。充実してる、っていうか」

わかってたのか。呆然と小穂の顔を見つめる。

「生きるのってむずかしいよね。わたしだって朗読してるとき、すごく充実してるし、ずっとこれを続けたい、って思う。けど、それだけじゃ食べていけない。それにわたしは司書の仕事も好きだし。朗読の活動ともつながってるところもあるから、嫌なこともあるけど、まだ続けると思う」

小穂がしっかりした口調で言った。はじめて会ったときより、ずっと自信を持っているように見える。いつのまにか変わっていたんだな、と思う。

「まだなにをしたらいいかわからないんだ。だけどまさ子さんの話を聞いていて、いまのままじゃダメだ、って感じた。三日月堂に乗っかってるだけで、自分でなにも負ってない気がして。けど……」

なぜか気持ちがするすると口から出た。小穂がじっと僕の目を見る。

「ひとりでやってく自信がない。それに、独立したら結婚するのも……」

はっと口を閉じた。

「結婚？」

小穂が目を丸くする。バツが悪くなり、ちょっとうつむいた。

「いや、えーと、小穂は考えないの？　僕は……」

口ごもり、思い切って顔をあげた。

「僕は、小穂と結婚したいと思ってる……いつか」

最後、思わず小声になった。

「いつか？」

小穂が笑った。笑うのは当然だ。いつか、なんて、腰の引けた言葉だ。

「いや、だって、女性にとっては大きいだろう、結婚とか、出産とか、どうしたって男より人生大きく変わるし……」

「まあ、そうだけどね」

小穂が天井を見あげる。

「けど、はじめてみないと、なにもはじまらないし」

ふふっと笑った。

「今日ね、紙を漉きながら思ったんだ。まさ子さん、言ってたでしょ？　一年間楮を育てて、いろいろあって、紙を漉くのは最後の晴れ舞台みたいなものだって。楮とトロロアオイと、これまでのまさ子さんたちの人生が全部あの水槽のなかに溶けていて、それを簀ですくいあげる」

「そうだね」

僕はうなずいた。

「どんなことでも、最初は雲みたいなものなんじゃない？　わけのわからないぼんやりしたもの。だけど、続けていれば雲はきっと紙になる」

雲はきっと紙になる。小穂の言葉が耳から飛びこんできて、こだました。

「作ろうよ、わたしたちの紙」

息をつき、小穂が言った。

「うまくいくかわからないけど、はじめなければはじまらない」

小穂がにこっと笑った。

「え、それって……」

ぼんやりと小穂の顔を見た。

「結婚したって仕事は辞めないよ。朗読も。たいへんなことだってあると思う。でも、たいへんじゃない人生なんてないでしょ？　弓子さんたち見てて思うの。ふたりで生きるって、荷物を分け合って楽するためじゃない。もっと大きな荷物を背負うためなんだ、って」

「じゃあ、いいの？」

「いいよ」

小穂がうなずく。あっさり言われて、力が抜けた。

「弓子さんと悠生さんみたいな形、憧れるんだ。わたしたちはやってることもちがうし、どうやって協力し合うのかわからない。けど、いろんなやり方があるよ、きっと。わたしたちはわたしたちの在り方を探せばいい。いまはまだ雲をつかむみたいな話だけどね」

雲をつかむみたいな話。

だけど、僕たちは今日雲をつかんだ。つかんで、紙にした。

やばい。なぜか鼻の奥がつーんとした。泣くな。いまは泣いちゃだめだ。

「結婚式をするなら、招待状は三日月堂で作ろうな」

ごまかすように僕は言った。

「もちろん。できたら、自分たちの漉いた和紙で」

小穂が笑った。

その笑顔を見て、思った。決まりだ。

僕は小穂と生きる。小穂といっしょに自分の道を探す。

そういえば、小穂にはまだうちの家業のことをちゃんと話していなかったな。今度の誕生日、うちのスカーフを贈ってみようか。

小穂と僕の道。それがどんなものかまだよく見えないけれど。ゆっくりと雲を形にするように。小穂の顔をちらりと見ながら、水のなかの雲を思い出していた。

小さな折り紙

1

「おい、おまえたちはパンはたべるのか」

ホールからこすもす組の佑《たすく》くんの元気な声が聞こえてきた。

あけぼの保育園では、毎年十二月なかばの土曜日、クリスマス会を開催する。この会がお遊戯会を兼ねていて、一歳児クラスから五歳児クラスまで、ダンスや合唱、お芝居などの発表を行う。

あけぼの保育園のクラスは、〇歳児がうめ組、一歳児はもも組、二歳児はさくら組、三歳児はふじ組、四歳児はあさがお組、五歳児はこすもす組。花の咲く季節の順番になっている。

クリスマス会では、例年うめ組は出し物なしで、もも、さくら、ふじ組はダンス、あさがお組は歌。いちばん上のこすもす組はセリフがたくさんあるお芝居に挑戦するのだが、最後のクリスマス会とあって、毎日張り切って練習している。

クリスマス会といっても、キリスト教系ではないから、演目はいつも童話やむかしばなしを題材にしている。今年のこすもす組の演目は宮沢賢治の「セロ弾きのゴーシュ」。

主人公のゴーシュは町の楽団「金星音楽団」でチェロを弾いている。音楽会で演奏する第六交響曲の練習をしているが、あまり上手ではないため、いつも楽長に叱られている。

そんなゴーシュの家に、毎晩、三毛猫やカッコウ、狸の子、野ねずみの親子がやってきて、ゴーシュに音楽の演奏を依頼する。動物たちのために演奏をするなかでゴーシュは欠点を克服し、本番では立派に演奏を行い、楽長や楽団員からもほめられる。

五歳児クラスは全部で十六人。セリフの多いゴーシュは前半後半で交代、ふたりで演じる。原作では一匹だけの猫やカッコウ、狸の子をそれぞれふたりずつに増やし、やってくる動物も、野ねずみのほか、うさぎやいたちを追加した。それから楽長と楽団員。

前半ゴーシュを演じるのは、真之《さねゆき》くん。小さくて細いけれど、すごく元気な子だ。三毛猫に言う「生意気だ。生意気だ。生意気だ」というセリフが気に入っているようで、練習以外のときにもときどき大きな声で唱えている。

後半を演じるのが佑くん。まっすぐな子で、元気さでは真之くんに引けを取らない。真之くんとも大の仲良しだが、仲が良すぎてよく喧嘩もする。ふたりとも配役を決めるときに真っ先に立候補した。

ふたりとももも組からの入園。あのころはよく泣いてたっけ。園庭を走りまわって怪我をしたり、もうひとり元気な光輝《みつき》くんと三人で喧嘩になったり。大泣きしても少したつとけろっとしている。子どもは強くてしなやかだなあ、と思う。

いまはすっかりお兄さんになり、春の運動会のときには小さい子の面倒もしっかり見ていた。夏のお泊まり保育でもちっとも泣かなかったし、先生の言うことをちゃんと守っていた。毎年のことながら、小さい子たちの成長には目を見張る。

あけぼの保育園は一九六五年に設立。働く親を持つ地域の子どもたちが安心して暮らせる場を、という故・浜田《はまだ》郁男《いくお》・康子《やすこ》夫妻の願いにより、川越の旧市街地の近くに生まれた。わたしは一九七〇年から保育士としてここで働いている。

公立の保育園は保育士も園長も異動があるが、あけぼの保育園は私立なので異動はなく、わたしはずっとここに勤めている。浜田夫妻の長男・博貴《ひろき》さんと結婚したこともあり、康子園長が引退したあと、わたしが園長に就任した。

わたしの長女の環《たまき》も保育士になり、あけぼの保育園に勤めている。長男は独立して家を出たが、環が結婚したとき園の裏にあった自宅を二世帯住宅に改築し、以来いっしょに住んでいる。

わたしも明後日の日曜日には七十五歳になる。いまも昼間は園で保育にあたり、朝礼や行事の際には園長として前に立つが、園の運営は主任になった環に預けるようになった。

身体がちゃんと動くうちに娘の環に園長を譲りたい。そう考えて、昨年から少しずつ準備をはじめている。環自身は、まだ少し自信がないようだが、わたしももう康子園長が引退した年。そして来年、環はわたしが園長になった年になる。

長いあいだ園のことばかり考えて生きてきた。園長をやめたらボケちゃうかもしれないよ、と長男には笑われている。でも、このあたりが潮時というもの。夫の博貴さんも同意しているし、環のためにもそれがよいように思えた。


六時、お迎えの時間になり、次々に保護者がやってくる。日が短い時季だから、この時間には外はもう暗い。

以前はお母さんがほとんどだったが、最近はお父さんも多い。スーツ姿のお父さんがやってきて、子どもと手をつないで帰っていく。育児に対する意識がだいぶ変わってきたんだな、と思う。

園の保育士にも、五年前から男性が加わった。良太《りょうた》先生といって、アウトドアや自転車が趣味のあかるい青年だ。

こすもす組になるとみんな大きくなり、力も強くなるから、とくに男の子の相手は女性の保育士の手に余ることも多かった。大きな子でも軽々と持ちあげられ、近くのグラウンドでの鬼ごっこで力一杯走ってくれる良太先生は、園児たちに大人気だった。

お迎えがやってくると、担任の先生が園児に声をかける。支度をした子どもがいそいで玄関にやってくる。今日は週末なので、お昼寝のときのシーツに使っているバスタオルの持ち帰りがある。だからどの子も大きな巾着袋を持っていた。

通園バッグといっしょに肩からさげている子、床に引きずってお父さんやお母さんに叱られている子。遊びの途中なのか、ぐずぐずしていて、早くしなさい、と言われている子。ちょうど友だちと迎えの時間がいっしょになり、うれしそうにいっしょに出ていく子もいる。この時間の玄関はいつも大混雑だ。

日中は、うめ、もも、さくらの子は一階の教室、ふじ、あさがお、こすもすは二階の教室にいるが、降園時間が過ぎ、延長保育の子どもだけになると、上の子どもたちもみんな下に降りてくる。

延長保育終了の七時十五分までは、みんな一階の教室でいっしょに過ごす。人数に応じて数人の保育士がつき、手の空いた保育士は二階でクリスマス会の準備をはじめる。

今日はこすもす組のお芝居の準備をするらしい。こすもす組の担任は良太先生と文香《ふみか》先生。良太先生は段ボール箱を使った大道具の作成、ほかの保育士は文香先生の指示にしたがって、不織布や色つきのビニールを使って衣装を作る。

若い女性保育士たちはこの衣装作りがうまくて、驚くほどかわいい衣装を作る。いまは百円均一の店でクリスマス用のきらきらしたモールなども安く手にはいるようで、ももやさくらの子たちの衣装は小さな王子さまとお姫さまみたいだ。

髪のアレンジが得意な先生もいて、当日の朝、先生たちがみんなの髪をきれいに結ったり整えたりして、飾りをつける。とくに女の子は大喜びで、毎年衣装ができあがるのを心待ちにしている。

文香先生たちの、かわいい、素敵、という笑い声が響く。一年間の保育の成果の発表会でもあるから、指導にも衣装作りにも力がはいるのだろう。環とわたしはその声を聞きながら、となりの小部屋で書類の整理をしていた。

やがて七時になり、延長保育のお迎えがやってくる。給食室に用事があって一階に降りると、ちょうど佑くんのお父さんが迎えにきたところで、佑くんが元気よく教室から飛び出してきた。

「ああ、園長先生、こんばんは。いつもありがとうございます」

佑くんのお父さんがこちらを見て、ぺこりと頭をさげる。

「ああ、佑くん、今日もお芝居の練習、がんばってましたよ」

わたしが言うと、お父さんは佑くんの頭をくしゃくしゃっとした。それほど背は高くないが、がっしりしていて、手が大きい。佑くんははずかしいのか、なんともいえない複雑な表情になる。

「がんばってるのか」

お父さんが佑くんを見る。

「うーん、まあまあ」

佑くんが言葉を濁す。

「セリフ、家でも練習してるだろ。もう全部覚えたんじゃないのか」

「覚えたけど……。でもそれだけじゃダメなんだ。そんなに簡単じゃないんだよ」

佑くんがお父さんの目を見て言った。

「どんなふうに?」

「動物と話すことかね。感情こめて話さなくちゃいけないから」

「感情をこめて……。へえ、一人前だな」

お父さんがにまっと笑った。

「あたりまえだろ。お芝居なんだから。覚えた通りに言うだけじゃ、ダメなんだよ」

「まあ、そうだろうな。けど、そういうのは練習してればうまくなるよ」

「そうかな」

お父さんはまた佑くんの頭をくしゃくしゃっとする。その照れたような顔を見たとき、佑くんはやっぱりお母さんに似ているな、と思った。

佑くんのお母さんも、このあけぼの保育園の出身なのだ。もう三十年以上も前。康子園長がいて、わたしが主任だったころのことだ。

「佑くんのお母さんも、むかしクリスマス会で劇をしたんだよ。あのときは……」

記憶をたどる。子どもだったころのお母さんの赤い着物姿がよみがえってきた。

「そうそう、あの年は『龍の子太郎』だったんだ。お母さんは、太郎の友だちのあやの役だったんだよ」

「龍の子太郎？　どんな話？」

「龍になったお母さんを太郎が助けに行く話。園にも絵本があるから、今度読んであげようね」

わたしが言うと、佑くんは、龍の子太郎ねえ、とぶつぶつつぶやきながら、靴箱の前に立つ。靴を出しながら、お父さんにバスタオルのはいった巾着袋を渡した。

「これ、お願いします」

「はいはい」

お父さんが巾着袋を抱える。

「今日、自転車？」

靴を履いた佑くんが訊く。

「いや、歩き。ちょっと仕事で駅の方まで行った帰りだから」

「ふうん」

「なんだ、自転車の方がよかったか？」

「ううん、そうじゃないけど」

佑くんは玄関の方に歩き出す。

「おい、佑、ちゃんとあいさつして」

お父さんが呼び止める。

「園長先生、さよならっ」

立ち止まった佑くんはそれだけ言うと、ぱっと園の外に駆け出していった。

2

月曜の朝、園の玄関前にいると、佑くんの声がした。お母さんの自転車のうしろに乗っている。

「園長先生」

「佑くん。おはようございます」

「おはようございます」

元気よく自分で自転車を降り、カバンのなかからなにか取り出す。

「はいこれ」

封筒のようなものを差し出した。

「なあに、これ」

「開けてみて」

佑くんがにこにこうれしそうに言うので、受け取った封筒を開いてみた。なかからきれいなカードが出てくる。真っ白い紙にプレゼントにかけるみたいな十字の形に銀色のリボンが印刷されている。リボンには小さな黒い文字でHappy Birthdayと印刷されていた。

「うわあ、誕生日カード」

びっくりして佑くんを見る。

「園長先生、日曜日、誕生日だったんでしょう?」

「なんで知ってるの?」

「良太先生から聞いたんだ。これ、うちで作ってるカードなんだよ。園長先生はけっこう落ち着いてるけどおしゃれなとこがあるから、これがいいんじゃないかと思って」

けっこう落ち着いてるけどおしゃれなとこがある。その言いまわしが佑くんらしくて、ちょっと笑いそうになる。

「落ち着いてるわよ、もうこの年だもの」

「あ、でも、いくつかは訊かなかったよ。良太先生がそういうことは訊くもんじゃないし、俺も知らない、って言ってたから」

「そうねえ」

今度はおかしくて、ついに笑ってしまった。

「佑」

うしろから声がした。園の横の駐輪スペースに自転車を止め、お母さんがやってきたのだ。

「もうカード渡したのね。園長先生、おはようございます」

「おはようございます。カード、ありがとう。弓子さんのところで作ったカードなんですってね」

佑くんのお母さんは弓子さんという。弓子さんもむかしはあけぼの保育園の園児だったから、最初のうちは何度も、弓子ちゃん、と呼びそうになった。

「ええ、そうなんです。佑が、どうしても園長先生に渡したい、って」

弓子さんが笑って言った。

佑くんの家は三日月堂という印刷所だ。いまどきめずらしい、活版だけの印刷所。いまは先代の孫娘である弓子さんと、その夫の悠生さんが切り盛りしている。

以前はあけぼの保育園でも、卒園のときの記念冊子の印刷を三日月堂にお願いしていた。弓子さんが保育園に通っていたころから、先代の文造《ぶんぞう》さんが店を閉じるまでのおよそ二十年間ずっと。

三日月堂の閉店で、冊子はほかの業者で印刷してもらうようになった。三日月堂のころは活版で文字だけの印刷だったが、いまはオフセットのカラー印刷。写真もはいっている。

だから佑くんが入園してきたときは驚いた。弓子ちゃんが大きくなってお母さんになったということにも、川越に戻ってきて三日月堂を復活させていたということにも。活版印刷もしずかなブームになっているらしく、三日月堂の経営も安定しているみたいだ。

「ねえ、先生、なかも見て。僕が書いたんだよ」

下から佑くんの声がする。カードを開くと、大きな文字で、えんちょうせんせい、おたんじょうびおめでとう、と書かれ、一文字ずつきれいな色が塗られている。

「佑くん、上手だねえ」

目を細めながら言った。

「いいでしょう？」

佑くんは得意げに言った。

「なんだかこのときはすごい集中力で。二時間くらいずっと描いてたんですよ」

弓子さんが言った。

「そうなの。こんな傑作、もらっちゃっていいの？」

「いいよ。傑作だからあげるんだ。だいたい、『えんちょうせんせい、おたんじょうびおめでとう』って書いちゃったから、ほかの人にはあげられないでしょ。それに、園長先生の年だとあんまり誕生日カードもらえないかもしれないし」

「佑、なに言ってるの」

弓子さんが佑くんを叱る。

「そうねえ。たしかにあんまりもらえないかもしれないわねえ」

笑って言うと、佑くんも笑って、園の入口の方に駆けていった。

「すみません」

弓子さんがぺこっと頭をさげる。

「いいんですよ、佑くんは面白いですねえ」

笑って言うと、弓子さんは申し訳なさそうに頭をさげ、入口に向かっていった。


保育園の登園は、七時十五分から。親の勤務時間に合わせて、みんな順次登園してくる。登園した子から状態を見て、問題がなければ自由遊び。全員がそろう十時前にいったん遊び道具を片づけ、体操。全員で朝のあいさつを行ったあと、主活動にはいる。

こすもす組は今日もホールでお芝居の練習。ほかは今日はクリスマス会の練習はお休みで、小さい子たちは園外保育に出た。

あさがお組は教室内で野菜スタンプ。各家庭から持ってきた野菜を輪切りにして、断面に絵の具をつけて紙に押す。単純な遊びだが、自分の知っている野菜を使うせいか、園児たちにはけっこう人気があった。

四人ずつ向かい合わせになった机に園児たちが座っている。何人か騒いでいる子がいて、担任の恵理《えり》先生は前に立ってじっと黙っている。

「しずかにしなよ」

しっかり者のかりんちゃんが騒いでいる子たちに声をかけた。

「そうだよ、そうしないとはじめられないよ」

柚乃《ゆずの》ちゃんも声を合わせる。騒いでいた子たちはしゅんとなり、じっと黙った。

「準備、できましたね。じゃあ、はじめましょう。きょう使うのは、これ」

恵理先生がポケットに手を入れる。

「じゃーん」

ポケットからピーマンを取り出し、みんなの前に掲げた。

「ピーマン?」

「あれ、僕が持ってきたやつだ」

「え、お料理？　お料理するの？」

野菜は各家庭から持ち寄ってもらった。プリントで野菜を用意してもらうことは伝えたが、使い道は子どもたちにナイショにしてください、と記してあったのだ。

「ええー、俺、ピーマン嫌い」

「料理のはずないだろ。絵の具が出てるじゃん。絵を描くんだよ、きっと」

みんながざわざわする。

「しずかに。そうだね、絵って言った陽介《ようすけ》くんが近いかな。みんなの机に絵の具がありますよね」

恵理先生が言った。みんなが机の真ん中の皿を見る。

「ふつう、絵の具で絵を描くときはなにを使いますか？」

「筆！」

「そう。でもきょうは、この野菜を使って絵を描こうと思います」

「野菜で？」

「え、ほんとの野菜で？　できるの？」

「できるよ。じゃあ、みんな、ちょっとこっちを見て」

恵理先生が言うと、もうひとりの担任の雪菜《ゆきな》先生が包丁とまな板を机に置いた。

「いまからこのピーマンを切ります」

みんなが雪菜先生の手元を見つめる。ピーマンをまな板に置いてすぱっと輪切りにする。簡単に種を取りのぞき、断面をみんなの方に向けた。

「見てみて。切ってみると、こんな形。このピーマンを絵の具につけて」

恵理先生が言うと、雪菜先生がピーマンの断面を紙皿の絵の具につける。

「ハンコみたいに紙に押します」

雪菜先生が絵の具をつけたピーマンを画用紙に押す。ピーマンを持ちあげると、ひらひらした形の模様が紙についていた。

「あ、お花みたい」

かりんちゃんが声をあげる。

「そうだね。ほかの野菜はどんな形かな。次はね、これ」

「レンコンだ！」

ポケットから出したレンコンを雪菜先生に渡す。輪切りにして、絵の具をつけ、押す。

「穴ぼこだらけだ」

「面白い」

「ほかにも切った野菜をたくさん用意しました。これからみんなのテーブルに配ります。席に用意した紙に、自由にスタンプしてみましょうね」

先生たちが各机に輪切りにした野菜を置いていく。

「いろんな野菜、いろんな色を使っていいですよ。でも、ひとりじめはダメ。みんなでゆずりあって使ってね」

恵理先生が言うと、みんな競って野菜を選びはじめた。


あさがお組の活動を少しながめてから、園長室に向かった。ホールの横を通ると、こすもす組の練習風景が見えた。

佑くん演じるゴーシュが野ねずみやうさぎたちと会話するシーンだが、ずいぶんと苦労している。野ねずみの子どものうちのひとり、美弥《みや》ちゃんがセリフをうまく言えないみたいだ。

そんなんじゃダメだよ、ちゃんと覚えてよ、と野ねずみのお母さん役の舞花《まいか》ちゃんが怒る。子ども役の美弥ちゃんは黙りこみ、泣き出してしまった。

怒っても覚えられるものじゃないんだよ、もう一回がんばろうね、と文香先生が必死にふたりをなだめている。

「ねえねえ」

佑くんの声がする。

「美弥ちゃんはさ、セリフ覚えてないわけじゃないんじゃない？」

佑くんが文香先生に言う。

「どういうこと？」

「えーとさ、美弥ちゃん、この前はちゃんとセリフ言えてたよ。でも、声が小さい、って言われて……」

「そうなの？　もしかして美弥ちゃん、声の大きさのこと気にして、言えなくなっちゃってたの？」

文香先生が美弥ちゃんに訊く。美弥ちゃんは泣きやんで、少しうなずいた。

活発な佑くんや舞花ちゃんにくらべると、美弥ちゃんは引っ込み思案で、あまり自己主張をしないタイプだ。みんなと合わせるダンスや歌は平気だが、ひとりひとりが声を出すお芝居は苦手なのかもしれない。

「美弥ちゃん、僕といっしょに言ってみよ？」

佑くんが声をかける。

「『うわあ、おいしい』だよね？」

チェロの音を聞いて具合のよくなった野ねずみの子に、ゴーシュがパンを与えるところだ。

「じゃあ、言うよ、いっしょに言おう」

佑くんが大きく息を吸う。美弥ちゃんも目をぱっちりあけてうなずいた。

「うわあ、おいしい」

佑くんの声の方が大きかったけど、美弥ちゃんの声もちゃんと聞こえた。

「できるじゃーん、美弥ちゃん」

文香先生が笑って美弥ちゃんの肩を叩く。美弥ちゃんもにこっと笑った。


ほっとして園長室にはいる。ああやってみんなで成長していくんだな、と思いつつ、ポケットに手を入れ、佑くんからもらったカードを取り出した。

佑くんはしっかりした子だ。それに、わたしたちも気づかないことに気づくような不思議な力がある。人の心を察する力というのだろうか。子どものころの弓子ちゃんにも似たところがあった。

佑くんにくらべると、弓子ちゃんはしずかだった。いつもみんなの行動をじっと見ていて、あまりしゃべらないが、先生の言ったことを素早く理解し、できずに困っている子のことをよく助けていた。

賢くて、おとなしくて、手のかからない子。先生たちにはそう思われていた。だが、そんな弓子ちゃんが一度だけ口をきかなくなってしまったことがあった。あれはたしかふじ組のとき。午前中の主活動の最中のことだった。

活動がはじまってしばらくしたとき、弓子ちゃんが突然席を立ち、教室の隅にうずくまってしまった。ほかの子どもたちも心配して、どうしたの、と声をかけたが動かない。担任の先生もどうにもならなくなり、当時主任だったわたしのところに連れてきたのだ。

担任の先生の話を聞くと、体調が悪いわけでも、ほかの子どもと喧嘩になったわけでもないらしい。

――今日は主活動、なんだった？

――折り紙です。

先生が答える。小さい子たちには、鶴などの複雑な折り紙はまだ無理。チューリップ、犬、バス、家など二、三回折ればできあがる簡単な形を折って、その上に絵を描くことが多い。この日もいくつかの折り方を教えて、あとは自由に制作、最後に画用紙に貼って仕上げることになっていた。

――弓子ちゃんはなにを折っていたの?

――これです。チューリップと犬。でも、ここまで折ったところで急になにも言わずに立ちあがって……。

そのまま部屋の隅に丸まってしまったらしい。わたしも少し話しかけてみたが、弓子ちゃんはなにも言わない。困り果てていたところに康子園長がやってきた。

――どうかしたの?

康子園長がやさしく訊いてきた。事情を話すと弓子ちゃんのとなりに行った。

――弓子ちゃん。

話しかける。弓子ちゃんは動かない。

――弓子ちゃん、悲しかったのね。

康子園長がそう言うと、弓子ちゃんがぴくっと動いて、康子園長にぎゅっと抱きついた。園長はそのまま床に座り、弓子ちゃんを膝の上にのせ、抱きしめた。弓子ちゃんがうわあああん、と泣き出す。

これまで聞き分けのよい弓子ちゃんしか見たことのなかったわたしたちは、驚いてただ立ち尽くしていた。

泣いている弓子ちゃんを見ているうちに、弓子ちゃんのお母さんが、弓子ちゃんがあけぼの保育園にはいる前に病気で亡くなっていたことを思い出した。横浜で仕事をしているお父さんはひとりで弓子ちゃんを育てることができず、弓子ちゃんは川越のお祖父さんの家に預けられたのだ。

三日月堂を営むお祖父さんは、仕事では厳しいと評判だったが、弓子ちゃんには怒らなかったし、お祖母さんはとてもやさしい人だった。弓子ちゃんもお祖父さん、お祖母さんが大好きで、迎えにくるといつもうれしそうに帰っていった。

お母さんのことを忘れることはないだろうけど、いまは楽しく暮らしているんだろうと思っていた。でも、もしかしたらお母さんのことと関係があるのかもしれない。なぜいまお母さんのことを思い出したのかはわからなかったけれど。

康子園長の膝の上で泣くうち、弓子ちゃんは眠ってしまった。あのころはまだ園の建物は木造の一軒家で、畳敷きだった。座布団を出し、弓子ちゃんをその上に寝かせた。泣き疲れたのか、ぐっすり眠っている。

弓子ちゃんの担任は、もうふじ組に戻っている。そろそろ昼食の時間だった。

——康子園長、弓子ちゃん、どうしたんでしょう？　なにか知ってますか？

——ううん。

園長は首を横に振った。

――やっぱりお母さんのことと関係があるんでしょうか。

――そうねえ、きっとそうだと思うわ。

――でも、なんで今日思い出したんでしょう？

――別に今日思い出したわけじゃないんじゃない？　いつだって心のなかにはあったと思う。

康子園長の言葉にはっとする。いつだって心のなかにある。その通りだ。

――それがなにかの拍子にあふれ出してしまったのね。なにが原因かはわからないけど。

園長もそこまでくわしいことは知らないのだろう。それでもすぐに弓子ちゃんの今日の行動を弓子ちゃんの深い悲しみに結びつけた。弓子ちゃんもそれを感じ取ったからこそ、園長の膝の上で泣き出したのではないか。

――子どもの感情が大人にくらべて単純ということはないのよね。子どもたちは驚くほど多くのことを受け止め、感じている。それを言葉にできないだけだと思うの。

康子園長は言った。

子どもたちはまだじゅうぶんに言葉を使いこなせない。大人なら、自分の感情に名前をつけることができる。怒り、悲しみ、いらだち、恐怖、不安、妬み。そうしてその原因を言葉で整理することもできる。

言葉の形になれば、それをいったん自分の外に出して、客観的に見ることもできる。相手にも自分と同じように感情があることもわかる。だがこの年の子どもたちにはまだじゅうぶんにそれができない。

なんだかわからないけど気持ちが暗くなる。その暗さがむくむくとふくれあがって、どうにもならなくなる。それで泣いてしまうこともあるし、じっと黙りこんでしまうときもある。

——そういうときはね、言葉で説明させようとしてもどうにもならないのよ。自分でもその正体がわからないんだから。

はじめての感情に向き合うのは恐ろしい。苦しい。子どもはみんなそうなのだ。

——わたしたちはただ寄り添っていることしかできないのよね。でも、寄り添ってくれる大人がいれば、子どもが感情の迷宮から出られなくなってしまうことはないと思うの。

——そうですね。

園長のおだやかな言葉を聞きながら、わたしにもそんなことができるだろうか、と思った。

——でも、あとで弓子ちゃんのおうちに電話しておいた方がいいわね。いちおう事情をお話ししておきましょう。お迎えのときにはあまりゆっくり話せないから。

園長がそう言ったとき、弓子ちゃんが目を覚まし、むくむくっと起きあがった。

——弓子ちゃん、大丈夫?

園長がやさしく訊く。弓子ちゃんはちょっとうつむいてから顔をあげ、お腹すいた、と言った。

——そうか、お腹すいたの。そしたらみんなと給食食べようね。できる?

——うん。

弓子ちゃんはそう言って立ちあがった。手を引いて、ふじ組の教室に連れていく。配膳が終わり、みんなで食べようとしているところだった。

——あ、弓子ちゃん。

となりの席の瑞季《みずき》ちゃんが言う。弓子ちゃんは手を離し、自分の席に歩いていく。

——大丈夫? 弓子ちゃんの給食、とってきてあげる。

瑞季ちゃんが立ちあがろうとすると、先生が給食のお盆を持ってやってきた。

——はい、弓子ちゃんの。お腹、すいたよね。

——うん。

弓子ちゃんがうなずく。みんなといっしょに手を合わせ、いただきます、のあいさつをする。瑞季ちゃんと仲良く話す弓子ちゃんを見ながら、ちょっとほっとした。

午後、園児たちがお昼寝している時間に、弓子ちゃんの家に電話をかけた。お祖母さんに今日の出来事を話す。折り紙で花や犬を作っているときだった、と説明すると、お祖母さんは、そうでしたか、と思い当たる節があるようだった。

その日、お祖母さんはいつもより少し早くお迎えにきて、弓子ちゃんが教室にいるあいだに園長とわたしのところにやってきた。

ご迷惑をおかけしました、と言って、カバンから小さな紙を出す。小さな折り紙で折ったチューリップだった。お祖母さんが園長にひとつ、わたしにひとつ差し出す。

——これは……。

園長がじっと折り紙を見る。今日ふじ組で折っていたのと同じチューリップの形だ。ただ、小さい。ふつうの折り紙より小さいサイズで折ったもののようだ。そして、古びていた。

——たぶん、折り紙を見て母親を思い出したんだと思います。

お祖母さんは言った。

——折り紙を開いて見てください。

お祖母さんに言われ、園長がひとつ折り紙を開く。なかに「ゆみこ、だいすき」という文字が書かれていた。わたしの折り紙のなかには「ゆみこ、みんなにやさしく」という文字があった。

——これは……？

園長がお祖母さんを見る。

——弓子の母親が作ったものなんです。入院しているときに。一日ひとつ作って、夕方お見舞いに行った弓子に渡していました。なかにはひとつずつお手紙が書いてあって……。

お祖母さんがうつむき、目頭を押さえる。

——まだそのころは文字を読めませんでしたから、病院で母親に読み方を教わりながら、いっしょに読んでいました。弓子はその折り紙を全部大事に箱にしまっていました。それをくりかえし読んで、読めないところがあると、わたしに、読んで、って言って。

言われてみると、折り紙には何度も開いたり折ったりしたあとが残っていた。

——そうだったのですね。

康子園長がうるんだ目でお祖母さんを見た。

弓子ちゃんは字を覚えるのが早く、ひらがなをほとんど読めたのを思い出した。まだふじ組で、ほかの子はようやく自分の名前が読めるくらいなのに。

家が印刷所だからかな、と思っていたが、お母さんからの手紙をくりかえし読んでいたからなのだろう。

——申し訳ないです。そんなことがあったとは気づかずに。

園長が頭をさげる。

——いえいえ、そんな。折り紙はみんながする遊びですから。みんなと遊べば弓子も慣れていくでしょう。

——わかりました。担任にもよく話しておきます。もしほかにもなにかありましたら、いつでも教えてください。

わたしも頭をさげた。

教室に呼びに行くと、弓子ちゃんは元気に友だちと遊んでいた。お祖母さんの顔を見ると駆けていって抱きついた。

康子園長はすごい人だったと思う。

博貴さんと結婚したわたしにとって、康子園長と郁男理事長は義父母にあたる。知人からは、お姑さんの下で働くのは大変なんじゃないの、と心配されることも多かったが、そんなことはなかった。

康子園長は尊敬できる人だった。いつもおだやかで、どの子にもあたたかく接した。園児にも慕われ、親からの信頼も厚かった。

もちろん子どもが悪いことをしたときは、ちゃんと指導する。でも決して声をあららげたりせずやさしく諭す。康子園長が真剣な顔で話すと、どんなにわんぱくな子でも不思議としずかに聞くのだった。

園児の指導は、ふだんは若い保育士にまかせていたが、延長保育など人手が少ないときにはときどき読み聞かせをすることがあった。園長の読み聞かせは深みがあり、聞いているわたしたちが泣きそうになることもあった。

あんな保育士になりたい、といつも憧れていた。康子園長があまりにも立派で、自分とかけ離れている気がして落ちこむことも多かったけれど、園長が灯台のようにそこに立っていることで、安心して保育に励むことができた。

だから、康子園長が引退することになり、次の園長はあなたですよ、と言われたときは戸惑った。

育休をはさんだものの、わたしがいちばんの古参で主任にもなっていたし、浜田家にはいっていたので当然の流れではあった。だがわたしの頭のなかでは、いつまでも園長は康子さんで、わたしはそのお手伝いだったのだ。

──なに言ってるの。わたしだって不死身じゃないのよ。

康子園長は笑った。

──なんだっていつかは終わりがくる。わたしにとってあけぼの保育園は命そのものなの。わたしがひとりで背負いこんで倒れてしまったら、その命が尽きてしまうでしょう。だれかに受け継いでもらいたいの。

園長の言いたいことはよくわかる。だが、受け継ぐのがわたしでいいのか、と思うと、即座にはうなずけなかった。

──あなたがいちばん長いから、とか、息子と結婚したから、とかいうことじゃないのよ。あなただからお願いしているの。あなたはだれよりあけぼの保育園のことを大事にしてくれている。だから頼むのよ。

その言葉にはっとした。園長はあけぼの保育園を自分の命と言ったが、わたしにとってあけぼの保育園は家だった。

わたしの母はわたしが高校生のときに亡くなった。父は身体が弱く、弟はまだ小学生。だから家事はすべてわたしがこなした。小学校の教師に憧れていたけれど、四年制大学に行くのはとても無理。だから短大卒でなれる保育士を目指した。

なんとかあけぼの保育園に就職してすぐに父も亡くなった。弟の面倒を見ながらの保育士生活。楽とは言えなかった。それでもがんばってこられたのは、康子園長が親身になってくれたからだ。

もともと真面目だけが取り柄で、子どもを喜ばせるようなことには向いていない。楽しい雰囲気を作るのも苦手だった。

自分のやり方で接すればいいのよ、と康子園長に言われ、見よう見まねで取り組むうちに、だんだん園児たちに笑ってもらえるようになった。園児たちの笑顔がうれしかった。この場所をできるだけよくしよう、と思って努力してきた。

弟がなんとか大学を卒業し、希望する会社に就職してからしばらくして、博貴さんと結婚した。

——元気なうちにちゃんと引き継ぎたいの。いまなら園長職を退いても、ここに来てサポートすることはできる。わたしが園長のままじゃダメなのよ。園長として立たないと見えないことがたくさんあるから。

康子園長の真剣な瞳に身体がふるえた。

——わかりました。康子園長のようにできるとは思えませんが……。

意を決して答える。

——わたしのようにしなくていいの。あなたはあなたでしょう?

その言葉に胸が詰まり、うつむいて、がんばります、と答えた。

佑くんからもらったカードを見直し、三日月堂の卒園記念冊子のことを思い出した。あれも康子園長が考えたものだった。

それまでは園の簡易印刷機を使って手作りしていたのだが、弓子ちゃんの家が印刷所と知って、お祖母さんがお迎えにきたとき、記念冊子のことを相談した。文造さんも快く引き受けてくれて、以来ずっと三日月堂に印刷をお願いしていた。いまの記念冊子はカラー印刷で写真も入れられるようになり、園児にも保護者にも好評だ。だが、わたしはむかしの三日月堂の冊子が好きで、あの感触を忘れられずにいた。

あのしっかりと紙に根を張ったような文字。いまはあまり目にすることはなくなってしまったけれど、あの文字をあけぼの保育園から羽ばたく子どもたちに贈りたい。

もう一度、三日月堂になにかお願いできないだろうか。記念冊子はもうあの形で定着しているから、それ以外のなにか……。

卒業記念品はどうだろう。去年までは市販の学習道具の詰め合わせを贈っていたが、その代わりに記念品を作る。市販品ではない、あけぼの保育園だけの品物を贈ることができれば、いい記念になるだろう。

週末、博貴さんと環に相談してみると、記念品を三日月堂に依頼することにふたりとも賛成してくれた。幼少時、環はほかの保育園に通っていたのだが、以前のあけぼの保育園の記念冊子のことはなぜかよく覚えていて、なつかしいと言っていた。

博貴さんもこれまでの市販品の詰め合わせには少し味気なさを感じていたようだ。社会福祉法人の理事として文化事業の育成に携わっている立場からも、三日月堂の活動を応援したいと言っていた。

だが、具体的にどんな品物を作ればいいのか。三日月堂に頼むからには紙製品ということになる。ノート、連絡帳はすぐに使い切ってしまいそうだし、ブックカバーやレターセットは小学一年生には早すぎる。

三人でいろいろ考えてみたが、なかなか思いつかなかった。

3

月曜日、佑くんのお迎えにやってきた弓子さんを呼び止め、卒園記念品のことを打診してみた。

「記念品……ですか？」

弓子さんが少し首をかしげる。

「喜んでお受けします。でも、なにを作ったらいいでしょうか」

「そうなのよ。わたしたちもいろいろ考えてみたんだけど、なかなかいい品物が思いつかなくて」

「そうですねえ。記念品、というからには、あとに残って、園のことを思い出せるような品がいいですよね」

弓子さんはじっと考えている。

「予算のこともあるから、まずは一度きちんと相談したいの。昼間、園に来ていただくか……。それとも、わたしがうかがった方がよいかしら」

「そうですね、もちろんわたしが園にうかがうこともできますが、最初だけは三日月堂に来ていただいた方がいいかもしれません。サンプルを見ていただくこともできますし」

「そうね。その方がいいアイディアが浮かぶかもしれない。いつがいいかしら」

日程を相談し、今週の木曜の午後に訪ねることになった。

「そうしたら、それまでにいろいろ考えておきますね」

弓子さんはにこっと微笑んだ。


木曜の午後、園児たちのお昼寝の時間に園を出た。三日月堂までは歩いて十分もかからない。連雀町の交差点を通り、一番街に向かって歩く。

お店を見ると、これまであけぼの保育園で育った園児たちの顔が浮かんでくる。ずっとむかし園で育った子どもが、いつのまにか大きくなって、店を継いでいることもある。

時間が流れ、その分わたしも年をとったということだ。

産休のとき以外、ずっとあけぼの保育園で働いてきた。つまりわたしは、あけぼの保育園のあの小さな世界しか知らない。でも、決して狭かったとは思わない。

何十年も子どもを見てきたが、どの子もちがう。そして、どの子も毎日少しずつ変化する。昨日できなかったことが今日急にできたり、昨日はなんでもなかったことに悩んだり。毎日似たようなスケジュールでも、毎日ちがうのだ。一年だって、行事は毎年くりかえしだが、子どもが代わるので起こることはいつもちがう。

二十歳で働きはじめ、もう五十五年目。働きはじめたころのことは遠くて思い出せないが、あっという間だった気もする。

もうすぐそれも終わり。ふうううっと大きく息をつく。

子どもたちを育てることは町を育てること。いつだったか義父の郁男理事長が言っていた。康子園長も郁男理事長ももういないが、あけぼの保育園はいまも子どもたちとともにある。そのことが誇らしい。

仲町《なかまち》交差点を曲がり、細い路地にはいる。醬油屋の大きな建物の横を過ぎ、左に曲がる。白い建物が見えてきた。

三日月堂だ。ほっと息をつき、立ち止まった。

以前ここに来たときの記憶がよみがえってくる。あれは震災のあとのこと。わたしはもう園長になっていた。

その前の年に文造さんが三日月堂を閉じ、卒園記念冊子は別の業者に頼んでいた。だが震災の影響で機械を動かせなくなった。たまたま園の前を通りかかった文造さんに相談したら、すでに閉じていた三日月堂の機械を動かしてくれたのだ。

あのときは会社員だった弓子さんも手伝ってくれたんだっけ。弓子さんとは会えなかったけれど、そのあと結局印刷を手伝うことになって、有志の保護者といっしょに三日月堂を訪れた。

入口の前に立ち、建物を見あげる。

あのときと同じ建物。三日月堂という看板もそのまま。だが、白い壁は塗り替えられ、入口のガラス戸もあたらしくなった。ほかもどこが変わったのかよくわからないけれど、すっかり生まれ変わってきれいになっていた。

そして、なかからは機械を動かす音がしている。

少しどきどきしながら戸を開けた。

壁一面の活字。手前の小型の機械の横に弓子さんが立ち、エプロンをかけた若い女性が忙しそうに部屋のなかを歩きまわっている。奥には大型印刷機が二台ならび、そのうちひとつを佑くんのお父さんの悠生さんが動かしていた。

あのときは手動の小さな機械以外は全部布がかかり、室内がしんとしていたのに。眠っていた工場が生き返ったみたいだった。

「あ、園長先生、こんにちは。わざわざありがとうございます」

弓子さんが出てきて頭をさげる。悠生さんも機械を止め、ぺこっと頭をさげた。

「すごいわねえ、工場、すっかりよみがえったのね」

「園長先生、震災のあとにお越しいただいてたんですよね」

「ええ。あのときは機械は全部布がかけられていて……」

「祖父は閉じるつもりでしたから。でも、おかげさまでなんとかやってます」

弓子さんが微笑んだ。


打ち合わせのために二階の応接室にあがった。真ん中に大きな机、壁際には引き出しのついた棚がならんでいる。

以前は一階に大きな机があって、打ち合わせはそちらで行うことが多かったらしいが、大きな印刷機が一台増えたため、机が置けなくなった。それで二階の応接スペースに、資料やサンプルをすべて移したのだそうだ。

弓子さんが部屋の隅の小さなキッチンでお茶を淹れ、運んできた。

「記念品、というお話でしたが、その後なにか案を思いつかれましたか」

弓子さんに訊かれ、首を横に振る。

「わたしたちも少し考えてみたんですけど……。アルバムはどうでしょうか」

弓子さんが言った。

「アルバム?」

「ええ。先生方の作ってくれる卒園アルバムではなくて、これからの写真を貼るためのアルバムです」

卒園アルバムというのは、保育園で撮った写真を使った園児それぞれ別々のアルバムだ。パソコンで編集するのではなく、スクラップブック方式で写真を切り貼りする。弓子さんのころにもあったもので、いまも手作りのままずっと続けている。

「たとえば、こんな感じの……」

弓子さんが引き出しからアルバムを出し、机に置いた。

「これはうちで一般向けの商品として作って販売しているものなんですが……」

リング製本で、表紙は板紙。ハガキくらいのサイズで、活版印刷で、きれいな植物の絵と飾り罫で囲まれたMEMORYという文字が刷られている。なかの紙は黒くて厚め。糊で写真を貼りつける古いタイプのアルバムだ。

「素敵ね。絵もとてもきれいだわ」

変に仰々しくなく、すっきりしたデザインだ。

「絵は、下にいた楓さんという女性スタッフが描いたものなんです。あまり枚数ははいらないんですが、一回の旅行や行事の写真をおさめるにはこれくらいが使いやすい、という方も多くて。知り合いの結婚祝いや出産祝いに買っていかれる方も多いんですよ」

弓子さんは言った。

少し前から若い人のあいだでも活版印刷の愛好家が増えてきたらしい。三日月堂も活版印刷のグッズを扱う販売イベントに参加したり、ネット通販を行ったりするほか、川越の古書店の一角でグッズ販売やワークショップを行っていると聞いた。最近は、活版仲間や、以前から付き合いのあったデザイナーや版画家、個人出版社といっしょに、都内に店舗をかまえる計画もあるのだそうだ。

グッズの販売をしつつ、店内で印刷も行い、印刷の注文も受けられる場を作りたい。前にそんなことを話していたのを思い出した。文造さんのころとは活版印刷のあり方もずいぶん変わったのだな、と思う。

「せっかく作るのですから、オリジナルデザインがいいと思うんです。表紙に『あけぼの保育園　卒園記念』と入れて、まわりには園児たちの絵を配置するとか……」

「園児たちの絵？」

「はい。スキャンしたものを凸版に加工することができるんです。こんなふうに」

弓子さんが引き出しからプラスチックのような薄い板を出す。見るとハンコの方に絵柄が浮きあがっていた。

「樹脂凸版っていうんです。こちらがこのアルバムに使った植物の版。ほかにもいろいろありますよ」

机の上に植物や動物などが描かれた版がいくつもならんだ。

「だれかひとりの絵を選ぶんじゃなくて、子どもたち全員に絵を描いてもらうのがいいかな、と思うんです。それをスキャンして、縮小して、配置する。そうしたらみんな参加できますし」

クラス全員の描いた絵が表紙にならぶ。すごく楽しそうだ。

「保育園時代の写真を厳選して貼る人もいるでしょうし、小学校にはいってから使ってもいいですし」

「いいアイディアね」

紙製品は消耗品になってしまいがちだが、アルバムなら記念として残る。卒園記念品にふさわしいものに思えた。サイズはハガキサイズにかぎらずいろいろできるそうで、もう少し大きなサイズのサンプルも見せてもらった。

「出張ワークショップもできます。ひらがなで自分の名前を拾ってもらって、裏表紙に刷るんです。園児だけだとむずかしいので、たとえば土曜日に保護者の方もお誘いして、親子で参加してもらってもいいかもしれません」

「なるほど……」

活字を拾う。小学校入学を前に、文字に親しむのにいい機会かもしれない。

見積もりを出してもらったところ、特注になるのはアルバムの表紙だけで、なかの台紙やリング製本用の部品は大量購入したものを使うそうで、それほど高額ではなかった。

出張ワークショップも、これまでの卒園記念品の購入予算だけでは足りないが、例年二月に行っているこすもす組の伝統工芸体験をこちらにふりかえればなんとかまかなえそうだった。

表紙の紙も厚さが必要なので種類がかぎられるが、色は選択肢があるらしい。インキの色も決めなければならない。こちらもサンプルを持ち帰り、園で検討することになった。

「表紙の絵はどうしたらいいでしょう」

「凸版にするので、単色の線画にしてください。はじめから小さく描くのはむずかしいですから、太いマジックを使って大きく描いてもらって、こちらで縮小します。

全員分を配置するので、背景はなしで、なにかひとつのものを描いてもらった方がいいですね」

「なにかひとつ……。自由に描いて、って言ってもぼんやりしちゃうから、テーマを決めた方がいいわよね」

好きな動物？　好きな食べもの？　どれもピンとこない。

「園を思い出せるものがいいんじゃないですか？　お友だちの似顔絵とか」

弓子さんが言った。

「それだとだれがだれを描くとか、いろいろもめてしまうかも」

「そうですねえ」

弓子さんが首をひねる。

「そうしたら『園で好きだったもの』はどうですか？」

しばらくして、弓子さんが思いついたように言った。

「『好きだったもの』？」

「みんな、なにかしらあると思うんです。お気に入りのおもちゃでもいいし、好きな給食でもいい。わたし、園のクリスマスツリーが大好きだったんです」

「クリスマスツリー……」

あけぼの保育園の園庭には本物のもみの木がある。園ができたときに郁男理事長が記念植樹したもので、いまでは園の建物と同じくらい大きい。クリスマスの時季になると、そこに毎年飾りつけをするのだ。

「今年もツリーが飾られて、お迎えに行くときらきらしているでしょう？　それを見るたびに、ああ、小さいころ好きだったなあ、って思い出すんです」

弓子さんは目を輝かせながら言う。そういえばそうだった。弓子ちゃんはだれよりもツリーの飾りつけを楽しみにしていた。ツリーが灯る時間になると、窓に張りついてツリーを見ていることもあった。

「そうだったわねえ」

そのころのことを思い出すと、目の前にいるのは立派な大人の弓子さんなのに、どうしても弓子ちゃん、と呼びたくなる。

「だから、佑が生まれたとき、わたし、大きなツリーを買ったんですよ。もちろん本物というわけにはいきませんけど、大きなツリーを買って、毎年部屋に飾ってます。園の本物のツリーにはかなわないんですけど」

弓子さんはくすくす笑った。

それから絵を描く紙のサイズや筆記用具を決め、ワークショップのことなどは一度園に持ち帰ることになった。

「そういえば……」

相談が終わって、弓子さんが園児だったころのことを話していると、弓子さんが思い出したように言った。

「わたしの母のこと、覚えていらっしゃいますか？　園にはいる前に亡くなってしまっているんですが」

「ええ、覚えてますよ。お祖母さんからもお話はうかがってましたから」

あの折り紙のことを思い出しながらそう答えた。

「実は、前に三日月堂で、母の歌集を刷ったんです」

弓子さんが立ちあがり、本棚の前に立つ。

「歌集？」

「ええ。生前、母は短歌を作っていたんです。大学時代からずっと。母の二十七回忌のときに、大学時代のお友だちがここを訪ねてきて……。いろいろあって、歌集をまとめることになりました」

弓子さんが本棚から一冊本を取り出し、机の上に置いた。深い海のような色の表紙のうつくしい本だった。

「ここで刷ったの？　ということは活字で？」

「はい。わたしが組みました。少しずつ、本の印刷も手がけるようになっていて」

「そう。でも、一冊組むとなると大変でしょう？　労力もかかるし、費用はどうしているの？」

「活字の本を出版している個人出版社があるんです。以前お話しした東京の店舗にもかかわっている人です。本はそこから発注を受けて作ってますから、こちらの工賃はきちんといただいてます。活字の印刷というのが話題になって、少部数ですが、販売も軌道にのっているそうで……」

そんなことがあるのか。もうすっかり廃れた技術だと思っていたのに。

「いまの印刷より活版印刷の方が優れている、と言いたいわけじゃないんです。でも活版にしかできないこともあると思ってます」

ページをめくると、活字で刷られた文字が目に飛びこんでくる。紙の上に、短歌がきりっと立ちあがっている。

「たくさんあった歌のなかから選んで一冊にしたんです。大学時代の母の恩師も協力してくださって。わたしもノートでは作品を読んだことがあったんですが、こうして本にしてみて、母のことがよくわかるようになった気がして……」

弓子さんのしずかな声を聞きながら、ページをめくる。はじめの方は若いころの瑞々しく透明感のある歌。それがだんだん成熟して、子どもが生まれてからは血のように濃い言葉が混ざりはじめる。

「いい歌集ですね。それに、文字もすばらしい」

子どものころ読んでいた本はみんなこういう活字の本だった。どこがちがうのかはわからない。あたたかい。やさしい。それでいて力強い。文字をひとつずつ、人の手でならべたからだろうか。

遠くから女性の声がした。靄《もや》の向こうからぼんやりと響く声。なにを言っているのかは聞き取れないが、やさしく歌うような響き。それがわたしに本を読んで聞かせている母の声と気づいた。

そうだった。すっかり忘れていたけれど、わたしが小さいころ、母はよくわたしに本を読んで聞かせてくれた。

その声がやがて、亡くなった康子園長の声と重なった。園児の前で読み聞かせをする康子園長。あの声を聞きながら、なぜかなつかしくて何度も泣きそうになった。あれは心のどこかにあった母の声の記憶と重なっていたからなのか。

「むかし、祖父が言ってました。『生きているものはみなあとを残す。それも影のような頼りないものだけど』と」

弓子さんがつぶやく。

「影？」

「はい。そして、『印刷はあとを残す行為。活字が実体で、印刷された文字が影。ふつうならそうだけど、印刷ではちがう。実体の方が影なんだ、自分は『影の主《あるじ》』なんだ』と。冗談のように言っていましたけど、このごろこの言葉の意味も少しわかるようになってきました」

印刷された文字は、人が残した「あと」。生きた証。その人がいなくなったあとも残り、人が影に、文字が実体になる。きっとそういう意味なんだろう、と思った。

生きているものはみなあとを残す。

この歌集の文字も、弓子さんのお母さんが残した「あと」。文字になってはいないけれど、わたしの胸のなかにも康子園長や母の声が「あと」として刻まれている。

「弓子さん、この本、まだ買えるのかしら。家でゆっくり読みたいわ」

「いえ、うちに数冊ありますから、差しあげます。どうぞお持ちください」

「そういうわけにはいきません。商品なんですから。ちゃんとお支払いします」

できあがるまでにどれほどの手間がかかったのか。それを思うとタダで受け取るわけにはいかなかった。

「でも……」

「ダメダメ。これはお仕事でしょう？　印刷所を続けるつもりだったら、商売しなきゃ」

「わかりました。ありがとうございます」

弓子さんは少し微笑んで、頭をさげた。大人になったな、と思う。

「園長先生、わたし、保育園にいたころ、園で一度、大泣きしたことがありましたよね」

弓子さんがぽつんとつぶやいた。

「ええ、あったわね。康子園長のお膝で眠ってしまって……」

「はい。いまでもときどきあのときのことを思い出すんです」

「チューリップの折り紙を見て、お母さんからの手紙を思い出したんでしょう？」

「どうしてそれを……」

「お祖母さまからあとでうかがったんですよ。折り紙のお手紙も見せてもらった」

「そうでしたか」

弓子さんは少しうつむく。

「あのとき、どうしようもなく怖くなったんです。いまここにあるものが全部なくなってしまう気がして、怖くて怖くて。でも、康子園長にぎゅっとされたら、ちょっとだけ安心できた。いまこの歌を読むと、母の気持ちがわかる気がして」

弓子さんは歌集のページをめくり、「ねえ弓子泣いちゃダメだよいまここにあるものみんななくならないよ」という歌を指した。

「なくならないよ、って言ってくれてたんですねえ。自分がなくなっていこうとしているときに。母も、幼いころに母親を亡くしているようなんです。だから、自分が死んだあとのわたしのことをすごく心配していたんでしょう」

「そうね、きっと」

「わたしも佑を産んで、その気持ちがはじめてわかりました。自分が死ぬことより、子どもが闇に取り残されることの方が怖い。笑われるかもしれませんが、わたし、母もその母も若くして死んでいるから、自分もそうなるんじゃないか、って少し心配だったんです」

弓子さんが少し笑う。

「だけど、ここまで来られた。母が亡くなったのはわたしが三歳のとき。祖母が亡くなったのも母が三歳のときだったと聞いています。わたしはそれを超えた。佑が小学校に入学するところまで来た。よかったなあ、って心から思っていて……」

そう言って深く息をついた。

「そうね、でも、まだまだ生きないと」

「そうですね」

弓子さんがくすっと笑う。

「実はね、わたしも高校生のときに母を亡くしているの。だから少しわかる。悲しいという単純な気持ちだけじゃ、ないのよね。怖い、というか、自分の一部がなくなったような気がするというか」

「はい」

「あのとき、弓子ちゃんがうずくまってしまったのを見て、康子園長はすぐにお母さんのことと関係があるんじゃないか、って気づいたの。わたしははじめそこまで思いいたらなかった。ほんとうに、康子園長はすばらしい人だった。わたしも康子園長のようになりたいと思ってきたけど、いまも遠くおよばない」

思わずそう言ってしまった。

「そうでしょうか」

弓子さんが首をかしげる。

「わたしは……。佑を預けるための面接のとき、柾子《まさこ》先生にお目にかかって、康子園長みたいだ、と思いました。園のもみの木みたいに安心するなあ、って」

「ほんとに？」

「ええ。いまもそう思っています」

弓子さんがにっこり微笑んだ。

園児だけじゃない。わたしもまたあけぼの保育園に育ててもらったんだ。あと少し、環に園を引き渡すまでしっかり仕事をまっとうしよう。

──なんだっていつかは終わりがくる。わたしにとってあけぼの保育園は命そのものなの。わたしがひとりで背負いこんで倒れてしまったら、その命が尽きてしまうでしょう。だれかに受け継いでもらいたいの。

康子園長の言葉が耳奥に響き、生きるとはそういうことなのだ、命が尽きるところまですべて含めて生きるということなのだ、と思った。

4

翌週、クリスマス会も無事終わった。こすもす組の「セロ弾きのゴーシュ」はセリフの失敗もなくとてもうまくいって、観客の大喝采をあびていた。

年末、園のスタッフや博貴さんの賛同もあり、卒園記念に三日月堂でアルバムを作ることが決定し、出張ワークショップもお願いすることにした。日程を決め、こすもす組の保護者にも告知を出した。

環やこすもす組の担任の文香先生、良太先生とも相談し、表紙の絵の題材は弓子さんから提案のあった「園で好きなもの」と決まった。おもちゃでも、園庭の遊具でも、給食でもいい。ひとりひとつ描き、縮小したものをならべて配置する。

弓子さんからの指定にしたがい、絵は白い紙にマジックで描く。たくさんではなく、描きたいものをひとつだけ。だからよく考えてくること。絵を描く前日、園児にそう話した。

「ええー、ひとつだけ？」

「決められないよー」

園児たちが口々に言う。

「でも、ひとつに決めましょうね」

文香先生がぴしっと言った。

「先生、お友だちの顔でもいいですか？」

舞花ちゃんが手をあげて言った。

「そうねえ、でも、だれかひとりには決められないよね」

「うーん……」

舞花ちゃんは困ったようにきょろきょろする。

「だから、今回はちょっと決まりを作ることにしました」

「決まり？」

「みんなはこれからあけぼの保育園を卒園して、小学校に行きますね」

「はい」

「絵に描くのは、そのあとも保育園に残っているものにしましょう」

「園に残ってるもの？」

園児たちは顔を見合わせ、ざわざわした。

「じゃあ、給食でもいいですか？」

「いいですよ。給食はみんなが卒園したあとも同じものが作られますからね」

「プラレールは？」

「お人形は？」

「はい、おもちゃは全部オッケーです」

「滑り台もいいですか」

「はい。園庭にある遊具やプールもいいですよ」

「虫もいいですか？」

晃《あきら》くんが言った。

「虫？」

文香先生が、ええっ、という顔になる。

「園庭にいる虫です。かまきりとか、ダンゴムシとか」

晃くんは大の虫好きなのだった。

「そうですね、虫さんたちはずっと園庭に住んでいるので、大丈夫です」

「やった」

晃くんがガッツポーズをした。実例が出たことでみんななんとなく要領が呑みこめたようだ。がやがやしながらまわりの子と相談をはじめた。

「全員同じものを書いちゃうとつまらないから、まわりと相談しないで、ひとりで決めましょうね。相談は先生にしてください。それと、この絵は記念のアルバムの表紙に印刷されます。ずっと残るから、気合い入れて描いてね」

文香先生がそう言うと、みんな神妙な顔になった。

翌日の午前中、こすもす組は表紙の絵を描いた。お昼寝の時間、園児たちが描いた絵を見せてもらった。遊具やおもちゃ、給食、園庭の花。みんなそれぞれだ。なかには文香先生や良太先生を描いた子もいた。

「人でも、先生はいいことにしたんです。保育園に残りますから」

良太先生が笑った。

「園長先生を描いた子もいますよ」

文香先生が紙をめくって見せる。おとなしい尚弥《しょうや》くんが描いた絵。たしかにわたしだ。眼鏡をかけたベース型の顔の女性がにこにこ笑っている。むかしはこのエラの張った顔が嫌だった。たまご型だったらよかったのに、と何度も思った。

「けっこう似てますねえ」

良太先生が笑う。

「目元の皺は描かないでほしかったわあ」

わたしが言うと、文香先生も良太先生も笑った。

その日の夕方、佑くんを迎えにきた悠生さんにみんなの絵を渡した。

「佑はなにを描いたんだ？」

悠生さんが佑くんに訊く。

「僕？　僕はねえ……。園を描いた」

「園？」

「園の建物。どれがいちばん好きか選べないから、園の全部を描いたんだ」

佑くんが得意げに言う。佑くんの絵はとても上手だった。色もないのに建物の特徴をよくとらえていて、ひとめであけぼの保育園とわかる。

「なるほど。それは考えたな」

悠生さんは佑くんの頭をくしゃっとなでながら、ははは、と笑った。


二月の終わりの土曜日、園のホールで活版体験を行った。めずらしさもあって、保護者の参加率もよく、ほとんど全員が集まった。

はじめに弓子さんから活版印刷の簡単な説明と注意があった。

活字には鉛という害のある物質が含まれているから決して口に入れないこと。終わったら必ず手をきれいに洗うこと。活字は欠けやすいので、落とさないようにていねいに扱うこと。

大人のワークショップなら活字用のケースから字を拾うが、子どもにはまだそれはむずかしい。だから今回は、弓子さんが特別に園児でもわかるような形を考えてくれた。文選箱という小さな木の箱に一種類ずつひらがなを入れ、その文字を大きく書いた札を立てる。園児は札を見て自分の名前の文字を探す。

ひらがなすべては覚えていなくても、自分の名前ならほとんどの子が書けるようだった。まちがいやすい文字もあるから、保護者か先生といっしょに選ぶ。弓子さんがワークショップをしているので、佑くんはわたしと文字を拾うことになった。

「あのね、先生、活字っていうのはハンコみたいなものだから、鏡に映っているみたいに文字が反対になってるんだよ」

佑くんがわたしに説明する。

「だから、『ち』と『さ』はまちがいやすいんだ。それに向きにも気をつけないとね。『し』と『つ』や、『く』と『へ』をまちがえることも多いんだよ」

「へえ、なるほど」

「僕の名前も『たすく』だから、『く』がはいってるでしょ。こうやって分かれてはいってるから選ぶときはまちがえないけど、戻すときに気をつけないといけないんだって」

「さすが印刷屋の息子だね」

わたしがそう言うと、佑くんは得意そうな顔になった。

まわりの子たちも、参加した保護者と文字を探しながら楽しそうにまわっている。

「小さいね」

「文字、逆さになってる」

文字面を見ながら驚いている。

「すごいねえ、むかしはこうやって本や新聞を作ってたなんてねえ」

「こりゃあ気が遠くなるなあ」

お父さん、お母さんのつぶやきも聞こえてくる。なかに以前の三日月堂を知っているお祖父さんもいた。一番街の近くで商店を営んでいて、伝票はいつも三日月堂に頼んでいた、と言っていた。

佑くんの文字を拾い終わり、印刷機の前の列にならぶ。手キンという手動の機械だ。震災のあと、保護者といっしょにあの機械で記念冊子を印刷したのを思い出した。

大人にとっても重いレバーだから、園児ひとりでおろすのはむずかしい。保護者といっしょににぎる。

「うまくできるかな」

手キンの前に立った美弥ちゃんが不安そうな顔になる。

「大丈夫だよ、お母さんもいっしょにおろすから」

お母さんに言われるが、まだ不安そうだ。

「美弥ちゃん、大丈夫だよ」

佑くんが声をかける。

「園で楽しいこと、がんばったこと、いっぱいあったでしょ？」

弓子さんが言った。

「それを思い浮かべて引けば大丈夫だよ」

「ほんと？」

美弥ちゃんは弓子さんをじっと見た。

「ほんと」

弓子さんがうなずく。美弥ちゃんはレバーにそおっと手をのばす。

「じゃあ、美弥、やってみよう」

お母さんが声をかけ、いっしょにレバーを手でにぎり、引いた。

「止まるところまでしっかりおろしてください」

弓子さんが言う。美弥ちゃんもお母さんも真剣な顔でうなずく。

「はい、それで大丈夫です」

弓子さんの合図で、レバーを戻した。

「あ、刷れてる」

紙をのぞきこみ、美弥ちゃんの顔がぱっとあかるくなる。「みや」という文字がきれいに刷れていた。

わたしも佑くんといっしょにレバーを引いた。佑くんは思ったよりずっと力があって、わたしがあまり力を入れなくても、レバーはすいっとさがった。刷りあがった「たすく」の文字を見て、佑くんは満足そうに笑った。

5

卒園式の前々日に弓子さんが持ってきた卒園記念品のアルバムはすばらしい出来だった。

表紙の紙は白。銀のインキで子どもたちの絵が刷られている。中央に置かれた「あけぼの保育園　卒園記念」という文字は金インキ。配色は園のスタッフみんなで考えて決めたものだったけれど、想像していたより何倍も素敵だった。

「きれいですねえ」

環も良太先生も感嘆の息をつく。文香先生は子どもたちの絵を見ながら少し涙ぐんでいる。裏表紙には卒園年度とこの前ひとりずつ刷ったその子の名前。今年もなんとか、入園した園児すべてが卒園までこぎつけた。

すべての園児の家庭が順風満帆というわけではないことはよく知っている。園児たちの人生ははじまったばかり。卒園はひとつの通過点にすぎない。わたしたちにできるのはここまでだけれど、ともかくよかった、と胸がいっぱいになった。


翌々日の土曜日、園のホールで卒園式が行われた。保護者とスタッフ、あさがお組の園児たちがならぶなか、曲とともに卒園児たちが入場してくる。いつもよりかしこまった服装で、はずかしそうに笑っている。

こうやって、毎年子どもたちが羽ばたいていく。さびしいけれど誇らしい日だ。子どもたちのあいさつに歌。園の歌のあと「ふるさと」を歌った。康子園長のときからの習わしだ。

うさぎ追いしかの山
小ぶな釣りしかの川
夢はいまもめぐりて
忘れがたき故郷

ピアノの音とともに園児の歌声が響く。ここに勤めはじめてからずっと、毎年聞いてきたこの歌。これまでのあれこれが頭のなかをめぐっていく。

そのあと保護者を代表して、弓子さんがあいさつに立った。

「木々が若い木の芽でやわらかな色になり、春の匂いが漂う季節となりました。このよき日に、十六人の園児が卒園式をむかえることができました。僭越ではございますが、卒園児保護者を代表いたしまして、ひとことお礼を述べさせていただきます」

弓子さんの落ち着いた声がホールに響く。佑くんも背筋をピンと伸ばし、緊張した顔で弓子さんを見ている。

本日はこのようなすばらしい卒園式を挙行いただきまして、まことにありがとうございます。園長先生をはじめ、担任の先生方、職員の皆様、いろいろお世話になりました。

子どもたちにとってのはじめての社会生活。入園したときにはまだまだ小さく、なにもかも親の手を頼っていた子どもたちが立派に成長し、こうして卒園の日をむかえられたのもひとえに先生方のおかげと感謝しております。

一日一日たくましくなっていく子どもたちの姿に、わたしたち親も、驚き、励まされ、ともに成長してきたような思いでおります。

季節ごとの行事では、先生方の手作りのお心づかいにいろどられ、子どもたちはいつも輝いていました。親子で楽しんだ春の遠足、一生懸命練習した運動会。こすもす組での夏のお泊まり保育に、クリスマス会でのお芝居。

日々の生活も先生方のあたたかい手に守られて、元気に、たくさんのことを学ぶことができました。

毎日のあいさつ、なにかしていただいたときの「ありがとう」、いけないことをしたときの「ごめんなさい」、お友だちと喧嘩したときの「ごめんね」「いいよ」もきちんとできるようになりました。まっすぐな子に育つよう支えてくださり、ありがとうございました。

こすもす組の子どもたちは、これからあたらしい生活へ旅立っていきます。園長先生をはじめ、諸先生方、子どもたちへのたくさんの愛情、ほんとうにありがとうございました。わたしたち親とともに喜び、泣き、支えとなってくださったことにも、感謝の気持ちでいっぱいです。

四月からはみんな小学校一年生。はじめての勉強やあたらしいお友だち。たくさんのもの、たくさんのことと出会っていきます。でも、ここあけぼの保育園での日々は、川越の町の景色とともに心の深くにきざまれ、いつまでもふるさとのようにあたたかくあり続けるでしょう。

最後になりましたが、あけぼの保育園のますますのご発展と、ご臨席の皆様のご活躍とご多幸をお祈りいたしまして、お礼の言葉とさせていただきます。

奉書をたたみ、深く礼をする。一瞬、子どもだったころの弓子ちゃんの姿がだぶり、涙がこぼれそうになった。佑くんは誇らしげに胸を張り、保護者席の悠生さんは目を真っ赤にしている。

ふるさとのように。

記念アルバムの表紙に刻まれた子どもたちの絵が浮かんだ。いろんなことがあった。すべてが完璧とは言えない。でも、この園の日々が子どもたちにとってあたたかな「あと」になってくれたら。

あさがお組の歌のあと、わたしは園長としてあいさつを述べ、ひとりひとりに卒園証書と記念品のアルバムを渡した。手をまっすぐ伸ばして受け取る園児たちの笑顔に胸が熱くなる。よかった。みんなと会えて、みんなと過ごせてよかった。

あたらしい世界に行っても、いまのやわらかな気持ちを忘れないでね。納得のいかないこと、呑みこめないことにもたくさん出会うだろう。道草していい。まわり道していい。疲れたら休んでいい。そのあとまた元気に進んでいけるなら。

式が終わり、ホールはみんなのにぎやかな声ではなやいでいる。アルバムの表紙の絵を見ながら、うれしそうに会話している保護者もいた。

白地に文字と線画だけ。子どもにはカラーの方が受けがいいのでは、と心配だったが、金・銀がかっこいい、とみんなはしゃいでいる。自分たちの絵が表紙になっているのもうれしかったみたいだ。

園庭の遊具、園で遊んだおもちゃ、給食、園庭の花や虫、先生たちの顔。それから佑くんが描いたあけぼの保育園の園舎。大きくなっても、これを見たら園での日々を思い出してくれるだろうか。

みんな、元気でね。園もみんなのことを忘れないよ。

窓の外の空が青い。

子どもたちの笑顔を見ながら、みんなの行く先のことを思った。わたしがいなくなったあとも続く、広い広い世界のことを思っていた。

取材協力　谷野裕子（手漉き和紙たにの）

この作品は書き下ろしです。

活版印刷三日月堂
小さな折り紙

ほしおさなえ

2020年　1月　5日　第1刷発行

発行者　千葉　均
発行所　株式会社ポプラ社
〒一〇二-八五一九　東京都千代田区麹町四-二-六
電　話　〇三-五八七七-八一〇九(営業)
　　　　〇三-五八七七-八一一二(編集)
ホームページ　www.poplar.co.jp
フォーマットデザイン　緒方修一
組版・校閲　株式会社鷗来堂
印刷・製本　凸版印刷株式会社
©Sanae Hoshio 2020 Printed in Japan
N.D.C.913/334p/15cm
ISBN978-4-591-16587-4
落丁・乱丁本はお取り替えいたします。
小社宛にご連絡ください。
電話番号　〇一二〇-六六六-五五三
受付時間は、月〜金曜日、9時〜17時です(祝日・休日は除く)。
本書のコピー、スキャン、デジタル化等の無断複製は著作権法上での例外を除き禁じられています。本書を代行業者等の第三者に依頼してスキャンやデジタル化することは、たとえ個人や家庭内での利用であっても著作権法上認められておりません。
P8101394

※巻頭の扉ページは実際の「活版印刷」で刷られています。